les aigles ne tuent pas les mouches

Luc Baba

Roman

Illustration de couverture
d'Olivier Marbœuf

EDITIONS
THIERRY
MAGNIER

Luc Baba a signé une douzaine de romans, quelques pièces de théâtre, des nouvelles, de la poésie et des chansons. Comédien (plus de vingt rôles à son actif), slameur (finaliste à Paris d'un tournoi international), il destine l'essentiel de sa poésie à l'oralité. Il a également chanté Brassens, Ferré et Brel. Le spectacle « Brel, ça va. », fut d'ailleurs l'un des points d'orgue du festival de Stavelot (Belgique), en 2004. Prix Pages d'Or en 2001 dès son premier roman (*La Cage Aux Cris*), finaliste du Prix des cinq continents avec *If*, et trois fois finaliste du Prix de la Jeune Critique, il a publié à Paris, chez À dos d'âne, *Charlie Chaplin, l'enchanteur du cinéma comique*, un portrait destiné aux enfants. Cet automne, il publie aux Territoires de la Mémoire un autre livre pour la jeunesse : *Mon ami Paco*, où il dénonce l'enfermement des sans-papiers. Son premier recueil de Poésie, *Tango du nord de l'âme* paraîtra chez M.E.O. en janvier 2012.

Pour en savoir plus :
http ://babaluc.blogspot.com

Zoé sera laide. Elle l'était, elle l'est encore et le sera toujours.

Quatorze ans. Son miroir a changé. Elle se regarde en tournant la tête, un peu de profil, essaie de croire que son nez lui paraît énorme parce qu'il est plus proche du miroir que le reste du visage, alors qu'en réalité, il est juste gros. Et son cou, modèle chèvre, ses cheveux tombant bêtement, comme ils peuvent, sans souci de forme, fatigués et bruns. Pas marron ou noisette, pas châtain clair, juste bruns. Heureusement que ses yeux sont bleus et normaux. Un rien rapprochés, mais ça va. L'ennui, c'est que des yeux normaux font ressortir la laideur du reste.

Jusqu'à ce matin, elle l'ignorait. Bien sûr il lui est arrivé de se regarder de travers dans le miroir de sa chambre, après le bain, mais elle se détournait tout de suite et pensait à autre chose.

Maintenant elle est au courant. C'est son cadeau d'anniversaire. Tu as reçu quoi pour tes quatorze ans ? J'ai appris que j'étais laide. Elle le sait une fois pour toutes grâce à Walter, qui est beau au point d'être son premier amour impossible. C'est lui l'aéroport du regard des copines. Pourtant, elles restent à l'écart de ses yeux de velours, comme si le rêve suffisait. Elles disent qu'elles en feraient des oreillers, des éditions spéciales, mais elles rougissent quand il approche à moins de cinq mètres, puis elles verdissent, puis elles s'en vont en faisant semblant d'avoir quelque chose d'urgent à dire à quelqu'un d'autre.

Presque toutes les filles viennent en petites amoureuses, avec des coups de foudre et des prénoms qui les rendent bizarres, un trop mignon qu'elles aiment trop fort. Et parfois même, elles « sortent avec lui ». Il y a du mystère sous ces mots-là. « Sortir avec quelqu'un », ça ne veut pas dire la même chose pour tous. Au fond, ça ne veut rien dire, ou peut-être sortir du monde, sortir de la foule des autres dans une dimension qui ne regarde personne, une cachette où le plaisir commence.

Zoé ne connaîtra pas ces cachettes-là. Elle ne vient pas à l'école en amoureuse potentielle.

Avant ce matin, elle vivait son chemin tranquille, avec ses livres et ses petits dégoûts, sa musique, sa chambre rose, où elle nichait sans se soucier de la Terre ni des garçons qui la piétinent. Peut-être qu'elle vivait comme ça pour ne pas voir la vérité criante : laide ! Mais elle ne va pas crier dans sa chambre, ça ferait crier les autres.

Elle n'a rien reçu de ses parents, qui lui donneront un peu d'argent plus tard. Quant à son frère, il lui a pris un DVD sur le cirque, pour la vexer, parce que la dernière fois qu'il lui a dit « Tu ferais un triomphe au cirque avec ton pif de primate », elle s'est jetée sur lui en criant, elle a glissé, et il a ri pendant quatre jours.

Zoé a regardé la pochette du DVD, puis elle a dit merci avec un très grand sourire en disant qu'elle adorait le cirque.

Donc, elle a parlé à Walter après les cours, près d'une haie abritée des regards. De l'autre côté de cette haie, il y a un pré avec des vaches qu'elle aurait dû rejoindre, au lieu de dire :

– Tu es très beau, je trouve. Je peux te le dire, de toute façon tu t'en fous de moi, je le sais bien, alors j'ai rien à perdre, donc je te le dis.

Il a souri doucement avant d'expliquer qu'il n'aime pas les filles qui s'appellent Zoé.

Voilà ce qu'elle a raconté à Charlotte.

– Il est tordu. Qu'est-ce que ça peut faire, que je m'appelle Zoé ?

Charlotte, qui comprend tout avant qu'on explique, s'est mise à tiquer bizarrement, en se rongeant un ongle, avant de répondre :

– Attends, Zo, deux secondes, il t'a dit quoi, précisément ? C'étaient quoi, les mots ?

– Ben il m'a dit qu'il était pas zoophile. Moi je lui ai dit que j'étais pas Waltérophile, de toute façon.

– D'accord.

Et là, elle s'est tue, Charlotte. Prête à la planter dans le pré des vaches.

– Quoi ? Quoi ? Pourquoi tu fais cette tête ?

– Zoophile, ça veut dire qu'on aime bien faire l'amour avec des animaux. Il t'a dit qu'il n'aimait pas faire l'amour avec des animaux.

Zoé a dit au revoir à son amie, et elle est partie en marchant calmement, sans y penser, comme on va acheter des pommes, très bien, il lui a dit ça, elle a répondu qu'elle n'était pas Waltérophile, ce n'est pas grave, c'est juste la honte taille tour Eiffel, avec des guirlandes qui clignotent, la honte magistrale.

Elle a un visage de bête, une tête à écœurer les poux. Elle n'a jamais eu de poux, voilà qu'elle comprend pourquoi.

Bon, elle aurait pu pleurer dix secondes, puis se rappeler qu'elle a quand même des yeux bleus normaux. Mais non, toute sa vie change si vite, sans prévenir. Sa chambre n'est plus rose pour longtemps, elle va repeindre les murs dans une laide couleur, pour se faire une laide chambre de moche. Noire, ou brune comme ses cheveux, avec des taches, des posters jaunis.

Quoi d'autre ? Elle grossira. Oui, elle va se faire grossir ! Elle sera mal aimée, de toute façon, alors il ne faudra pas qu'elle s'obstine à tenter d'allumer des regards de velours aux yeux des garçons. Les dégoûter avant qu'ils crachent sur ses souliers, c'est le mieux à faire.

Pour cela devenir méchante, laide et méchante. Elle commencera demain.

– À table, Zo ! crie sa mère.

– Si tu m'appelles encore une seule fois Zo, je quitte cette maison, je jure que je le ferai.

– Tu fais ce que tu veux, Zo, mais d'abord tu finis ton année, il reste trois mois, et tu as intérêt à réussir tes examens. Jo ! On mange !

Johan, c'est son frère. Mais pas un frère de film, non, un vrai frère qui boit, qui rote, qui dort et joue sur son PC. Il dort dans sa chambre surchauffée, ce qui lui donne soif, alors il boit, ce qui est normal, après ça il dort, et cetera. D'ailleurs, elle ne dit jamais « mon frère », elle lui trouve des noms qui riment : le protozoaire, le ver solitaire. Parce que, les frères de film, ils ont des épaules, et ils s'en servent pour ouvrir des portes, ou bien ils disent qu'on peut s'y appuyer, si on veut.

En bas, c'est le désordre des grands soirs. Le père mange devant la télé avec Marine, qui apprend directement à hurler, sans passer par la case « parler ». Elle a trois ans un quart, elle pleure, elle glousse, elle glapit, mais surtout elle hurle.

Le père cède toujours à ses caprices, et l'emmène manger avec lui, devant la télé, une bière tiède au poing. Là, Marine se calme et rit. C'est alors la mère qui s'isole dans la cuisine avec ses cris à elle, mais ce sont des cris du désert, à trop petite voix cassée par le tabac. Quand elle punit Marine d'une fessée dans un coin, Marine quitte le coin en se frottant les fesses, et s'en va danser le tango au salon, où son papa l'appelle : « Viens, chérie. Viens près de papa. »

Dans ce bal des fous, leur sœur Angélique est une étrangère. Belle, elle parle bas. Parfois même elle sourit. Et c'est inutile de l'appeler, elle a horreur des cris, alors elle anticipe, descend sur les orteils, mange en silence, aide à débarrasser et à faire la vaisselle, sauf le vendredi, jour de sortie. Elle peut sortir, elle a dix-sept ans, presque l'âge libre. Pourquoi elle est jolie comme ça ?

Elle a un petit copain qu'on ne voit pas et dont on ne sait rien, sauf qu'il a une voiture, et que c'est un vieux de vingt-cinq ans. Parfois, il ne vient pas. Ces soirs-là, Angélique fait la vaisselle toute seule à une vitesse impressionnante, on dirait qu'elle joue de la batterie dans l'évier, ça fait le même bruit, de la batterie de cuisine. Ensuite elle s'enferme dans un silence du fond de la mer, où elle promet d'aller un jour. En attendant, elle prend un bain où elle pleure. On l'entend. En tout cas, Zoé l'entend, l'oreille contre la porte. Ce n'est pas juste un sanglot, ça prend tout le temps du bain. Avec le sel de toutes ses larmes, elle se donne peut-être l'impression de prendre un bain dans l'océan.

Ce soir, elle sourit et picore pendant que Zoé mange le gras de la viande.

– Tu manges, toi ! constate la mère. Pour une fois !

C'est une des trois choses qu'elle vérifie. Ses enfants doivent dormir, manger, et travailler à l'école. Pour elle, le paradis, c'est un jour où ses enfants mangent, travaillent et dorment.

– Ah je suis bien contente, souffle-t-elle.

C'est rare.

– Pourquoi elle hurle encore, l'autre ? Marine, arrête de crier, bordel, tu vas me rendre folle !

– Elle veut un autre dessert, répond le père en cherchant des choses dans ses cheveux. Les biscuits secs, elle aime pas.

– Y a rien d'autre ! C'est des biscuits ou rien.

Marine lance un coup de pied dans la table basse, et elle est punie dans le coin, où elle reste donc quatre ou cinq secondes, avant de repartir en dansant vers son papa qui l'aime.

– Viens, ma puce.

Ils regardent la télé. Johan se gratte le fond de l'oreille et dit :

– Y a jamais rien d'autre, de toute façon. Des biscuits.

Angélique a mis son visage en couleurs, et secoue ses cheveux comme en plein vent, on dirait qu'elle marche sur une plage, dans un clip.

– Pourquoi tu me regardes comme ça ?

Zoé a haussé les épaules et réfléchi deux secondes.

– T’as mis trop de bleu sur tes paupières.
– Tu trouves ?
– Non, je disais ça pour être méchante.

Johan rejoint son PC, Angélique sa garde-robe, Zoé mange un biscuit sec qui laisse comme du plâtre entre les dents. Bouche rincée au coca-cola, elle va se regarder en face.

Laide et méchante, ce sera bien.

Elle a choisi une poupée Barbie : celle avec des rollers qui a des cheveux longs comme deux fois sa jupe. Paire de ciseaux. Coupe au carré pour la madame en plastique. Colle dans les cheveux. Petit coup de cutter sur les bras.

Les bras de la poupée.

Zoé s’est presque sentie mieux.

Elle va s'entraîner à être méchante sur des animaux. D'abord des petits, des fourmis, ou des abeilles. L'abeille est l'insecte sacré, ici. Le miel est la grande spécialité régionale, « l'or du pain », c'est écrit partout. On en fait des bonbons, des gâteaux et de l'hydromel. Et tout le monde connaît le village des ruches dans la région. On oublie même qu'il a un nom et des habitants. C'est le village des ruches, point, et c'est là-bas au bout de la terre.

Zoé pourrait essayer d'être la prédatrice des abeilles, les contaminer, faire pourrir les essaims. Ou bien enfouir sa tête au fond d'une ruche, jusqu'aux épaules. Parce que les abeilles, quand elles piquent, elles perdent le dard et l'abdomen, mourant ensuite dans la douleur. Avant de mourir, elles l'auraient enlaidie encore. Mais peut-être qu'elle en mourrait aussi, le front dans le miel, quel carnage.

Elle pourrait s'entraîner directement sur Gandhi, qui se roule mollement dans des coins de soleil, se gratte le collier à puces, souffle et crachote, griffe les mollets. Un bête chat aux oreilles jaunes, ça doit se torturer facilement.

Zoé hait les chats.

Les abeilles non. On dirait des mini-tigres électriques volants. Et il paraît qu'elles sont intelligentes. Et puis, ça doit être le plus petit animal à faire à manger pour les gens.

Ou bien elle essaie d'être méchante avec elle-même, ça permet d'expérimenter directement les effets. Verbalement, ce n'est pas efficace. Les insultes égratignent quand ce sont les autres qui les formulent. Quand ce sont des autres qu'on aime, les insultes coupent le cœur en rondelles, ou résonnent comme des coups de fusil. Vu que Zoé ne s'aime pas du tout ce soir, les insultes qu'elle pourrait se dire à elle-même ne l'atteindraient pas. Elle serait d'accord, elle dirait oui, c'est vrai, j'ai raison.

Elle pourrait être méchante avec elle-même physiquement. Mais il y a un problème : si elle essaie d'enfoncer un clou dans son bras gauche, avec le bras droit donc, forcément, le bras gauche risque d'ordonner au cerveau d'ordonner au bras droit d'y aller mollo. Même chose si elle se tire les cheveux. Elle a essayé. Le bras qui tire se retient.

Elle va commencer à noter ses observations : *Quand on se tire les cheveux, on ne se laisse pas faire.*

Méchante, c'est un métier, une science. Laide, c'est facile, pour elle. On laisse faire le temps, la nature, les cellules tordues, le gras de la peau. Méchante, non, c'est autre chose.

Mais en s'exerçant sur des animaux, elle se tromperait, parce qu'ils ont l'âme des tout petits enfants qui ne comprennent pas ce qui se passe, qui regardent le monde sans rien connaître du mal et du bien.

En ouvrant sa fenêtre pour regarder le plus loin d'elle possible et toucher le début de l'été avec son gros nez, elle a vu une sorte d'abeille posée sur le bord de la corniche.

– Désolée, elle lui a dit. Le truc de la ruche contaminée, c'était pour rire. Je ne le ferai pas.

C'est clair, si elle craint la vengeance d'une abeille, elle est loin d'être prête. Commencer directement avec les gens, c'est une bonne idée.

À la fin du repas, elle a regardé ses parents qui semblaient s'ennuyer à jouer dans un fond de sauce avec leur fourchette, et elle a demandé d'une voix neutre :

– Pourquoi vous ne vous séparez pas ?

Ça aussi, c'était juste pour être méchante.

Johan a pouffé dans le creux du coude, où il a laissé quelques grumeaux de viande mouillée, Angélique a continué de manger comme si rien n'était dit, Marine a continué de ramper sous les chaises en criant : « Je suis une chaussette pourrie ! » Et les parents ont semblé sortir d'un marécage. Hagarde, la mère a essayé de réfléchir, avant de bafouiller très sérieusement :

– Pourquoi on se séparerait ?

Alors Zoé a haussé les épaules, trop tard, ça grouillait de réponses dans la tête de tout le monde. Elle est remontée dans sa chambre, épaules tombantes. Méchante, elle n'a obtenu que le rire pâteux de son frère. Il lui reste à espérer que ses parents ne vont pas se réveiller le lendemain avec l'intention de divorcer.

Zoé s'est réveillée le lendemain avec l'intention de créer un club. Le club des moches. Elles auraient un blog, un forum, elles se rencontreraient pour échanger les râteaux, les pelles, les petits trucs de laideur. Ça, c'est une idée de première classe. Il lui reste à trouver des adeptes.

À l'école, lundi matin, elle a observé la foule mouvante de la cour. C'est drôle, une cour de récréation. On dirait que chacun, sans conscience, défend un rôle. Les plus cancres ont des beuglements vagues, une sorte de langage d'étable qu'ils comprennent entre eux, et ils crachent sur le seuil des classes, à tour de rôle, on dirait que c'est codifié, essentiel.

Les plus beaux marchent lentement, en souriant jusqu'aux gencives, ou en plissant les yeux pour poser des regards de carnassiers sur les filles. Les jolies se rassemblent en petits bouquets sous un parapluie rouge, un coquelicot. Elles font semblant de ne jamais avoir froid dans leur veste légère, sauf quand Walter passe avec l'air d'égrener le temps du bout des doigts.

Il y a aussi de faux solitaires qui se promènent en bandes de deux, et trouvent que tout le monde est très bête, au fond, mais c'est à cause de la télé. On peut aussi reconnaître le style de musique de chacun à la façon de porter le pantalon, au choix des souliers et de la coiffure.

Quant à Charlotte et Zoé, elles posent un regard mou sur les va-et-vient, les grimaces, et parlent de Walter quelques secondes par jour, le temps de dire qu'il ne mérite pas qu'on perde son temps à parler de lui, le salaud.

– Attends-moi deux secondes, Cha. Deux secondes, OK ?

C'est une laide de premier choix qui passe à un jet de pierre. On la croirait pêchée dans les abysses, fripée par les eaux froides et la pression. Elle porte un nom de fleur, mais des lunettes de scaphandrier où les yeux semblent chercher l'air libre.

– Oh ! Azalée ! Machin ! Attends.

La fleur s'est retournée, avec son sourire des profondeurs, du fer aux dents, les yeux en toupies.

– C'est pas Azalée, c'est Alizé.

– Ah. D'accord, Alizé. Moi c'est Zoé. Je voulais te proposer un truc, faudra pas te vexer, c'est sérieux.

– Je me vexe jamais.

– Cool. C'est une fleur aussi, l'alizé ?

– Non, c'est un vent.

– OK. En fait, voilà, j'ai créé un club, pour les filles pas super belles qui ont envie de se connaître. Alors j'ai pensé à toi. Si ça te dit, tu seras la première inscrite.

Alizé lui a fouetté la joue gauche d'une gifle énorme qui lui a décoiffé le cerveau.

Ensuite, très sérieusement, sans pleurer, sans colère, Alizé a respiré trois fois et soufflé sur sa paume en attendant que les yeux de Zoé soient revenus à leur place. Elle a dit alors :

– Je vais réfléchir. Je te dirai demain. La nuit ne porte pas conseil, mais elle vire les émotions de la tête, alors on peut décider. Une bonne décision, ça se prend quand le cœur bat lentement. N'oublie jamais ça, tête de blatte.

Elle a tourné les talons, laissant Zoé là, perdue avec une honte royale.

Quand elle est revenue vers Charlotte, elles sont restées quelques secondes bouche bée avant que la copine essaie de jouer les avocates.

– Pour qui elle se prend ? Elle est pas bien ? Pourquoi tu lui as pas limé les dents avec ses lunettes, à cette pauvre tarée ?

– Non, laisse, c'est rien, c'est moi qui suis conne.

– Encore ? Tu lui as dit quoi ?

– Tu ne pourrais pas comprendre.

Ça, c'est une phrase à perdre tous les gens qu'on aime.

Elle est partie, Charlotte. Parce qu'une amie, c'est quelqu'un qui peut comprendre, justement, ou qui veut essayer même si c'est impossible, qui peut commencer à comprendre presque le début de ce qu'on explique mal, ou qui ne comprend rien mais tant pis.

Donc, Charlotte est partie. « D'accord, puisque je suis trop bête, je te laisse, ciao. »

C'est magique, ce qui peut se passer en deux jours. On dit à un garçon qu'il est beau, et la vie dégringole. Hier soir, alors qu'elle voulait être méchante et s'attendait à déguster, elle a juste convaincu sa sœur de corriger son maquillage, puis elle a réussi à faire blatérer son frère en perturbant ses vieux, qui s'interrogent encore sur le sens de leur mariage. Et ce matin, alors qu'elle voulait rendre service et créer des liens, elle reçoit la gifle d'un vent froid, qui va lui siffler aux oreilles jusqu'au soir.

Pourtant, Alizé va réfléchir.

Seule contre un mur, Zoé a soufflé entre ses dents dix fois, le regard tombant sur la pointe de ses souliers. Elle se sent stupide d'avoir choisi d'être laide et méchante face à une copine qui semble choisir d'être laide et intelligente.

Cette nuit-là, elle a cherché des idées. Par exemple, elle pourrait créer un concours de Miss Moche. La beauté intérieure sera le premier critère, sans doute. Miss Beauté intérieure junior, ce serait plus médiatique que Miss Moche. Mais moins drôle. Bon, elle proposera.

Deuxième idée : écrire un recueil de témoignages et d'anecdotes. Troisième idée : le blog et le forum.

Demain, elle recrutera, et elle organisera une première rencontre. Avant ça, elle demandera pardon à Charlotte, qu'elle ne veut pas perdre. C'est l'amie de sa vie, elle l'aime fort à pleurer, et sait qu'elle peut comprendre. Elle lui dira : « Je n'aurai jamais d'amoureux, alors je veux des amies qui ne me jettent jamais. » Des amies jolies, ou normales, si possible. Il paraît que c'est solide, la complicité entre une belle et une moche. La belle ne ressent aucune menace, elle se laisse admirer, envier, coiffer, elle peut dire à l'autre : « Tu sais, le charme, ce n'est pas une question de poitrine ou de joues bronzées. » Alors elle passe pour généreuse et pleine de beauté intérieure. Et pendant ce temps, la laide se targue d'avoir pour amie celle qui fait loucher les Walter.

Avec un peu de patience et de chance, elle pourrait même en avoir un comme copain de classe.

Elle a enfoncé une pointe de compas dans l'œil de sa poupée griffée, et s'est sentie très heureuse pendant une minute au moins. Abîmée, la perfection ! Mutilée, la sportive élégante au sourire plastifié ! La jolie qui jamais ne transpire et jamais ne trébuche, et trouve ses genoux vilains, oh comme ils sont vilains, ses genoux ! Elle se les fera refaire quand elle sera riche, parce que c'est insortable en été, des genoux qui louchent.

Mais il semble que la méchanceté ne console pas longtemps les moches.

Zoé s'est endormie tard et s'est réveillée sinistre le lendemain matin.

– Debout, Zo.

– J'm'appelle pas Zo, comment je dois te le dire ?

Elle n'a pas déjeuné. Dans les rues où postillonnait une pluie tiède, elle se sentait en chemin vers le jardin des autres, le grand musée en plein air des heureux, les vivants, les docteurs de charme en formation, les fauchés de demain, les profs du futur.

Charlotte, qui est loin d'être vilaine, riait à l'écart sous un parapluie coquelicot avec des filles normales qui disaient sûrement :

« Tu comprends ? » Elle répondait « Oui, je comprends ». Elles s'entendaient bien.

Alizé est venue vers Zoé d'un pas de ministre.

– J'aimerais bien que tu me donnes des informations précises sur ton club, avant de prendre une décision.

– Ben oui, mais je n'ai pas d'infos précises, en fait. Il faudrait que je les écrive. Y a encore rien, c'était juste une idée.

– Bon, alors c'est d'accord. J'avais pensé à un nom. « Le club des mouches ». Ça ressemble au club des moches, mais c'est plus sympa, et la mouche, c'est un grain de beauté artificiel que les femmes se collaient sur la joue, dans le temps. Je trouvais ça intéressant, non ? Un grain de beauté artificiel.

– Oui.

Pendant qu'Alizé s'éloignait satisfaite, une jolie d'une autre classe s'est approchée en hésitant. Elle s'est adressée à Zoé d'une toute petite voix :

– Excuse-moi, je ne te dérange pas ?

– Ben non.

– Je m'appelle Coralie, et je voudrais m'inscrire.

– T'inscrire ?

– Au club des moches.

– Comment tu connais ?

– La petite sœur du voisin d'un chanteur est copine avec Alizé et hier…

– Oui, bon, ça va.

– Tu veux bien ?

Zoé a regardé ses cheveux qui viennent entourer les épaules comme les ailes d'un cygne noir, puis les yeux verts où ne doit jamais passer le moindre mensonge, des yeux de première enfance, magnifiques, avec un regard de lait. Au début de la vie, on a des dents de lait, et des regards de lait, jusqu'au jour du premier mensonge, c'est comme ça.

Coralie doit avoir encore ses dents de lait.

Elle a aussi des joues parfaites qu'on voudrait embrasser d'un coup, et ses lèvres roses ont la forme des baisers qu'on dessine.

– Tu ne veux pas ?

– Quoi ?

– M'inscrire.

Zoé n'a pu qu'entrouvrir la bouche et s'en aller, en s'excusant, d'un petit geste de la main, pour aller pleurer à l'écart.

Pendant le cours de physique, elle a pris quelques notes tristes, avec des questions sur les critères de la laideur. Si Coralie se trouve laide, elle doit suivre une thérapie, si elle l'est réellement, Zoé est un monstre répugnant, une bête de cirque.

Elle semblait sincère, Coralie. Elle ne jouait pas à Miss Collège souffrant d'avoir une oreille un brin plus décollée que l'autre. Se trouver laide, quand on est jolie, c'est un truc, d'habitude, pour que les gens vous éclaboussent de compliments. « Toi laide ? Mais ma chérie tu es belle comme le soleil dans les brumes du comté des lacs un soir de juin avec des rossignols, des jonquilles, des papillons, qu'on en perdrait ses yeux tellement tu es la plus jolie du monde, ma chérie ! » Et la jolie de répondre : « Mais non, regarde mon oreille droite. Elle traverse les cheveux. »

Coralie, elle croit réellement qu'elle peut obtenir un siège à son nom dans le club des laideurs, elle le croit !

La conclusion de Zoé se décline en catégories : les laides qui le savent, les laides qui s'ignorent, les belles qui se croient laides, celles qui font semblant de se croire laides, les belles qui le savent. Ce qu'elle pourrait faire, c'est ouvrir le club aux belles qui se croient laides, dans le but de les persuader qu'elles le sont vraiment.

– Zoé, tu ne suis pas, a couiné le prof. Tu es distraite.

– Oui, c'est ça, voilà, je suis distraite.

– Et insolente, par-dessus le marché. Tu prends le risque d'une déconvenue.

– Oui, c'est ça.

Elle a noté *par-dessus le marché*, et *le risque d'une déconvenue*, sur la page de garde de son cahier, puis elle a attendu la nuit, tête baissée, ne goûtant rien, prête à pleurer pour une averse.

Alizé l'a contactée sur MSN, le samedi matin.

– D'accord pour un livre, ou un manifeste. On pourrait aussi ajouter une liste des laides connues. Je vais chercher.

– Et on manifeste pour quoi ? Des laides connues, tu en connais ?

– Un manifeste, c'est un livre avec des règles. L'art d'être laide, ça te plaît ? Et non, je ne connais pas encore de laides connues, à part Céline Dion.

– Moi je ne trouve pas qu'elle soit laide. On l'appellera comment, le manifeste ?

– *Le Manifeste caca de poule sur l'art d'être laide.*

– OK. Et pour le blog ?

– Je demanderai à un copain.

– Oui, on écrira : « Je suis moche et je m'en fous ! Ceux qui rigolent, je les enterre avec des rats crevés. On est laides et on s'en fout ! » Et on ira crier dans les rues avec des panneaux.

– Quand on s'en fout, on ne crie pas, d'habitude.

– Toi, tu t'en fous ?

Et là, plus de réponse pendant dix minutes, puis :

– J'essaie.

Coralie, de la catégorie des belles qui se croient laides, est revenue à la charge, calmement.

– Je sais comment on fait un blog.

– Alors on peut être copines, et toi tu nous aides. Pas besoin que tu fasses partie du club.

– Un jour, vous voudrez bien de moi. Je sais dessiner. Je pourrais illustrer, inventer un logo.

– Oui, ben je te ferai signe. Pour le blog, on a déjà quelqu'un, de toute façon. Et puis t'es trop jolie, laisse tomber.

« Miroir, miroir, dis-moi qui est la plus belle. » Oh, mais ce qui compte, c'est le charme !

Peut-être a-t-on le charme que l'on s'invente. Pour Zoé : une façon de sourire en regardant loin, l'air entre Terre et Lune, entre fille et chien perdu. Et si cela ne fonctionne pas, on peut toujours s'inventer autre chose. À la télé, un type aux yeux de Walter disait à son pote : « Ce qui compte, vieux, c'est la sensualité. Une femme sensuelle, ça te met les deux genoux à terre. » Il visait un horizon à fleurs, là-bas, et le pote riait béatement, tout secoué dans son costume étroit. Pathétique.

Le miroir, c'est le contraire de l'horizon. On ne peut pas regarder moins loin que dans un miroir, où l'on voit en arrière. Alors il faudra qu'elle arrête un jour, qu'elle regarde où c'est beau.

En attendant, ce qu'elle aimerait, c'est trafiquer ce miroir, pousser au dos une voix enregistrée. « Miroir, miroir, dis-moi qui est la plus belle. » Et la voix répondrait : « C'est toi, c'est toi Zoé. La plus belle du monde ! »

Quand Coralie aura conçu le blog, elles y placeront une boîte à idées. Au moins, ça les obligera à avoir des idées, à défaut d'une belle tête sensuelle et craquante.

Mais on a la tête qu'on a à cause de la tête des ancêtres, à cause du hasard et de la fée des berceaux. Son boulot, c'est se pencher. Son jeu, plutôt. S'il s'agissait d'un métier, tout le monde serait joli. La fée se penche sur le berceau, et elle joue. Un sort est jeté, une formule dite pendant que dorment les parents. Bien sûr, à cause de l'hérédité, la marge est étroite, c'est évident qu'on ne fait pas par hasard une sœur charmante et l'autre laide, elle aurait dû s'en douter.

Zoé voudrait briser le cou de la fée qui s'est penchée sur son nez. Ça doit être une fée jeune, aux ailes trop lourdes, une fée morveuse et jalouse des humains. Le temps d'une respiration, la fée a pensé : « Non, je ne peux pas faire ça ! » Puis elle a éclaté de rire, et elle l'a fait quand même, avant de s'envoler mollement pour rejoindre son pays.

Elle ne reviendra pas, la fée, on n'a pas de seconde chance.

Un DVD sur le cirque de rue ! Son frère est un sale gosse. Elle aussi lui offrira un cadeau méchant, du genre « livre sur le cerveau pour les nuls », si ça existe. Sale gosse. Elle a regardé la pochette, rouge, avec des gens contents comme des otaries qui s'applaudissent. Elle a poussé le disque dans le lecteur, au lieu de le jeter à la poubelle sitôt reçu. Le cirque, ça lui plaît pour de vrai, mais le cirque normal, le vrai, en chapiteau, où elle est allée à l'âge de quatre ou cinq ans. Ses parents sortaient encore leur nez à cette époque.

Ce jour-là, elle avait appris que les gens pouvaient devenir magiques et lumineux, qu'il existe des balançoires géantes, que les lions ne mangent pas les gens magiques et lumineux, qu'on peut faire tenir une princesse sur un éléphant, et se balancer debout sur un type debout sur un autre type.

C'était chouette. Mais « cirque de rue »...

Sauf que, quand elle a vu dans les premières images du film un homme pâle marchant sur un fil entre deux gratte-ciel, elle a mis l'image sur pause et s'est promis de faire la même chose un jour.

C'était à New York, bien avant sa naissance. Les policiers qui devaient passer les menottes au funambule attendaient en bas, avec une envie dingue de changer de boulot, ça leur embuait les yeux.

Après ça, dans le film, on voyait des gens imitant des statues, des clowns mimant le va-et-vient des passants, mais Zoé a trouvé ça nul, sauf quand ils s'y mettaient à plusieurs. Flash mob, ça s'appelle. On donne un rendez-vous par Internet à une petite foule, pour une minute de folie. Un signal, et tout le monde se met à danser, ou à tomber comme des mouches, par exemple, à se figer les yeux au ciel. C'est de l'extraordinaire sans autre talent que celui de sauter du train-train en marche, ensemble, de se dégrafer de la foule qui avance, comme ça, par défi, pour rappeler que tout pourrait changer d'un coup.

Le lendemain, le blog existait, deux membres officiels composaient le club, et Alizé proposait un slogan : « Les aigles ne mangent pas les mouches. » Mais Zoé n'avait pas le teint plus rose, ni le cœur plus chaud. Juste une envie qu'on lui fiche la paix. Le plus simple alors est de fermer les yeux, de se faire des paupières en coquilles d'escargot, et de dissuader le monde autour de compter encore sur son existence. Au-delà du club.

Elle a senti que ça la rendait méchante sans qu'elle ait besoin de se surpasser. Dire non, c'est la base, surtout quand on vous propose gentiment n'importe quoi, à la maison ou à l'école. Au cours de géo, le professeur semblait ravi de proposer à Zoé, la grande élue, de répondre à une très chouette question sur la profondeur des rivières.

– Pourquoi l'eau est-elle plus profonde à l'intérieur du méandre ? Zoé, veux-tu répondre à cette question ?

– Non.

Rire des autres.

Elle n'a pas écouté la réponse donnée par Charlotte, et le restant de l'après-midi, elle l'a passé à se demander pourquoi l'eau des rivières est plus profonde à l'intérieur d'un maudit tournant. Y a aucune raison, si ça se trouve c'est un piège, comme presque toutes les questions d'école. Et Walter aussi, c'est un piège. Elles ont décidé de l'appeler l'aigle, puisqu'elles sont mouches, et que l'aigle, on le craint autant qu'on en rêve.

Le soir, Zoé a écrit à Alizé, toujours en ligne, qu'elle était contente d'être son amie.

– On n'est pas amies. On le sera plus tard peut-être.

– Oui. Aujourd'hui, mon père a giflé ma mère parce qu'elle avait encore giflé Marine avant de la punir dans le coin.

Pas de réponse à cela. En effet, elles ne sont pas encore amies.

– J'étudie, a écrit Alizé. À tout à l'heure.

Elle étudie les pièges, les réponses à tout, les méandres, alors que Zoé n'étudie plus rien. C'est bloqué dans son cerveau. Quand elle veut retenir des phrases, il y a une autre phrase qui vient faire table rase et se poser au milieu de ses neurones. « Je suis une salade de morve. »

Elle ne devrait pas l'écrire, ça lui donne un pense-bête à faire déprimer la terre entière.

Alizé s'est remise en ligne vers dix heures.

– Voilà, j'ai fini d'étudier.

– Moi aussi.

– On pourrait parler du *Manifeste caca de poule sur l'art d'être laide.*

– D'accord.

– Tu as des idées ?

– On peut faire une liste de conseils à donner aux laides.

– OK. Quels conseils ?

– Rejoindre le club.

– On va réfléchir.

– D'ac. Tu sais pourquoi l'eau est plus profonde à l'intérieur du tournant de la rivière ?

– Ce n'est pas l'eau qui est profonde, c'est la rivière. Pourquoi ?

– Pour rien, laisse tomber. Au moins, je sais de quel côté il faut se baigner. Le reste, on s'en fout. Tu connais le cirque de rue, toi ?

– Non.

– Et les flashs mobs ?

– Oui, c'est les trucs de ouf où les gens dansent en même temps sur la place publique. Pourquoi ?

– Comme ça, pour savoir.

Coralie est venue ensuite, avec quelques mots, lui glisser au front un mystère pour l'empêcher de dormir.

– Je serai laide bientôt.

– Ah bon, a répliqué Zoé.

Silence. Elle aime bien les mystères, pas pour les résoudre, mais pour inventer des histoires. Ici, pas simple d'imaginer. Comment on peut devenir un pou quand on est un papillon ? Elle va écrire un poème pour le blog, et ce sera le titre.

Et comment grossir quand on n'a plus faim ?

– Tu ne manges rien ! a crié la mère. Tu vas ramollir. T'es pas assez molle comme ça ?

Zoé a coupé au cutter la main gauche de la Barbie à rollers, puis elle a décidé de s'habiller mal. Là, elle sera certaine de ne plus être aimée de personne. Elle évitera aussi de correspondre aux définitions du charme, et se lavera les cheveux moins souvent, ce qui la rapprochera d'Alizé.

Charlotte lui manque, à cause de quelques heures passées ensemble à être d'accord sur les musiques qu'il faut fuir, les profs à pendre, et des courses dans la pluie, des antisèches criblées de fautes vendues à un nul. Pour une phrase, elles se perdent. Une phrase juste, pourtant, car on ne peut pas comprendre, c'est vrai. Mais ce n'est pas grave, tout le monde est seul, au moins dans un coin de sa tête.

Alizé, elle peut comprendre ça, mais il y a d'autres choses qui la laisseront perplexe à vie. « Comment on peut avoir peur des maths ? »

Ce jeudi-là, c'est un garçon qui est venu leur parler. Il voulait s'inscrire aussi. Elles l'ont dévisagé trois secondes en se demandant comment il pouvait être aussi bête en plus d'être aussi laid.

– T'es con ? a demandé Zoé.

Il a fait non de la tête, sans comprendre.

– Tu crois qu'on va s'encombrer d'un mec tordu ?

Il n'est même pas de la catégorie des beaux qui se croient moches.

Pendant qu'il s'éloignait en bredouillant des insultes en italien, Zoé s'est dit qu'elles devraient peut-être revoir leurs conditions, pour que le club s'agrandisse.

Alizé a confirmé.

– Oh, garçon ! Comment tu t'appelles ?

– Ilario.

– C'est nul. Bon, on a décidé qu'on allait réfléchir.

Le lendemain, le club comptait trois membres, et Ilario voulait changer le slogan.

– Pourquoi pas : « Les harpies ne mangent pas les cloportes. »

Bof, non, pourquoi ? Parce que. Bon. C'est quoi d'abord une harpie ? Quand il a envoyé des images, elles ont répondu d'accord, ce serait le slogan des garçons.

C'est dans la chambre d'Angélique que Zoé va chatter, quand sa sœur est en vacances dans la salle de bains, où elle peut rester une heure, parce que c'est là qu'elle étudie le mieux, ou au jardin quand le soleil donne. Elle se met en boule dans une vieille robe, entre deux rhododendrons, les cours jetés sur l'herbe. Car elle étudie aussi, Angélique.

Dans sa chambre à elle, il y a des livres empilés, et elle les lit ! Elle aime bien ! C'est presque rangé, presque propre, et les murs sont chargés d'images rouges qu'elle collectionne. Un désert au lever du jour, une Ferrari, des pommes, du vin, pourvu que ce soit rouge. Sauf du sang. Il y a la bouche d'une actrice, un ballon d'enfant, un drapeau de la Chine.

Parfois, Zoé peut venir même si Angélique est dans sa chambre.

– Tu lis quoi ?

– Des trucs.

– J'ai créé un club.

– C'est bien.

Conversation type, mais elles se laissent en paix, étrangères l'une à l'autre. Parce qu'il semble que ce soit la première règle, ici, d'être des étrangers. Peut-être est-ce le propre des familles nombreuses, où on n'a pas le temps de s'intéresser à tout le monde, ni le talent de se comprendre, vu les différences d'âges. Marine hurlante, Johan vautré, Angélique et ses dix-sept ans, Zoé, leur père, bière au ventre, et leur mère aux nerfs malades, ils sont six de toutes les sortes, six à rêver de tout ce qui existe ailleurs, à vouloir un frigo personnel, une télé à soi, un jacuzzi, un cheval avec un prince ou une princesse dessus.

On s'enfuit. Chacun choisit sa porte de secours. Angélique lit des trucs en attendant le vendredi soir, le père boit devant l'écran, Johan sur les trottoirs avec de faux copains, et la mère pleure dans ses mains après la gifle offerte à Marine. Elle dit : « Je craque, je craque ! » Parce que, se cacher dans ses mains, ça ne sert à rien, c'est noir pendant quelques secondes, mais on l'appelle déjà ! Une autre bière, le téléphone, une fin de vaisselle.

Zoé n'avait jamais réfléchi à tout cela, avant. Elle se demande si elle réfléchit depuis qu'elle a quatorze ans, ou depuis qu'elle sait qu'elle est laide. Elle n'étudie plus, elle écrit des phrases, ou des mots. Elle a écrit *beurk*, et ce n'est peut-être même pas un mot. Ça pourrait. Un beurk.

Manifeste caca de poule de la beauté intérieure du beurk.

Elle écrit des phrases et des mots. *Comment devenir pou quand on est papillon ?* Et le temps passe bêtement, à peine s'il passe, vers ces examens qu'elle ne réussira pas.

– Un club de quoi ?

– Quoi ?

– Ton club, c'est un club de quoi ?

Angélique collectionne aussi les raisons d'être dégoûtée de tout. Jamais ses questions ne sont des témoignages d'intérêt, elle a juste envie de chahuter la bêtise de qui passe non loin d'elle, chat, pigeon, frère, sœur. Sans cris, sans forcer. Par exemple, quand elle donne un coup de pied dans le chat, elle garde un visage très calme, ne gaspille pas plus d'énergie que nécessaire, un petit coup de pied, une passe au mur.

– C'est le club des moches.

– Cool. Et toi, t'es qui là-dedans ? La reine des thons ?

Zoé a pris note, pour le blog. *Que pensez-vous de ma sœur ?*

En attendant, elle a fait un trou dans le ventre de la Barbie. En attendant des nouvelles, en attendant que le temps passe, et qu'Angélique ait pris son bain.

Avant la nuit, elle a reçu deux photos : un portrait de Walter envoyé par Alizé, et la photo d'une femme pâle et maigre, au crâne chauve, signée Coralie.

Zoé s'est assise à côté de Charlotte, dans le bus. L'affreux bus, cette boîte de conserve où les coudes et les sacs vous écrasent les joues. Mais les petites foules serrées, on s'y habitue, entre les classes, les cantines et les salles d'étude, à partager le même nuage d'air lourd, et cette grande odeur commune : chaussons de gym, transpiration, déo, boîte à tartines.

Bousculés, lèvres sèches, on se parle quand même, levant la voix en crachotant sous les oreilles.

Charlotte non. Elle s'est tue, ce qui fait mal.

– Je ne t'ai rien fait, a soufflé Zoé, presque pour elle-même.

– T'as dit que je ne comprenais rien.

– Non, j'ai juste dit que tu ne pouvais pas comprendre un truc.

– C'est ça, laisse tomber.

Zoé est rentrée chez elle avec un zéro en histoire, une envie de s'enfuir ou d'être quelqu'un d'autre, la décision de tuer Walter un de ces jours, ou même dans longtemps. Crime passionnel, dix ans plus tard. Ça lui donne un projet, une raison de vieillir.

C'est triste, comme raison de vieillir. De toute façon c'est triste, une raison de vieillir. Elle ne devrait pas y penser, ça va lui faire peur, et elle a déjà des peurs inquiétantes qui s'appellent phobies. Enfin, ça c'est le nom de famille des peurs qu'elle a. Mais elle n'a pas de phobies célèbres, comme agoraphobie, qui est la peur des foules. Ce truc-là, elle le gardera pour plus tard. Il y a aussi claustrophobie, pour la peur d'être enfermé dans un petit espace. Bon, on présente ça comme une bizarrerie, alors qu'il faudrait se faire du souci pour les gens qui aiment bien être enfermés dans un petit espace, et non le contraire.

Zoé a la phobie de mourir, ce qui est normal aussi, même si parfois, ça l'embête. Angélique a une amie suicidaire qui a déjà réussi à essayer de mourir, mais pas assez fort. Eh bien, elle sourit tout le temps, depuis.

Ce soir-là, Zoé a envoyé le même message à Alizé, Charlotte, Coralie et Ilario. *J'ai des idées noires.*

Alizé a répondu au bout de quatre minutes : *Moi aussi.* Preuve supplémentaire qu'elles ne sont pas encore amies, puisqu'une amie répond au bout de quatre secondes : *Ah bon, qu'est-ce qui ne va pas, ma chérie ?*

Charlotte n'a pas répondu. Coralie a écrit : *Essaie de dormir.* Et Ilario : *C'est parce que t'as pas de copain, tu devrais avoir un copain.* Lui, il faudra penser à l'éjecter, quitte à inventer un nouveau règlement.

Dormir, ça ne fonctionne pas très bien. Elle fixe les rayures blanches qui quadrillent la fenêtre, où glisse par grand vent l'ombre d'une branche lourde. Le truc que le prof de français leur a donné pour les jours de drame qui n'en sont pas, c'est d'imaginer qu'on se promène avec une caméra sur l'épaule, pour se voir d'un peu loin, de l'extérieur, se dédoubler, quoi. Mais il faudrait voir à définir « les petits drames qui n'en sont pas ». C'est interdit de faire ça pour les autres. Les petits drames qui n'en sont pas pour qui ? Et quand ? Parce que, s'il n'y avait pas de Walter, être moche, ce ne serait rien de grave. Il y a aussi Miss France, et des milliers de champions du monde de n'importe quoi, des centaines de filles qui dansent bien, et des moches bourrées de neurones.

Au Japon, une môme de six ans joue du Beethoven. Depuis son tabouret de pianiste, elle regarde tous les anonymes de la Terre qui savent presque jouer *Au clair de la lune* à la flûte. Et Zoé, qui sait jongler avec deux oranges.

Pourquoi elle est née ?

Le premier jour de juin, Walter a parlé à Charlotte, qui en est restée rose, peut-être à cause de la main qu'il a posée sur son bras. On dirait même qu'elle a changé sa façon de marcher. Une dégaine ! Elle se donne dix-huit ans, et rit en pinçant les lèvres. Une main sur la peau du bras, et hop, l'été commence, on change de vie. Mais il suffira qu'il effleure l'épaule d'une autre pour que l'hiver la reprenne à la gorge et lui donne froid partout.

Sauf que, le deuxième jour de juin, il a caressé ses cheveux devant tout le monde. Alors, après les cours, elle est venue vers Zoé, et elle l'a regardée en penchant la tête à gauche, sourire entrouvert, léger balancement de la hanche.

– Tu sais, Zo, je suis plus fâchée, hein. Mais quand tu dis que je comprends pas, franchement, tu te trompes. J'imagine très bien ce que tu peux ressentir quand tu te vois dans une glace.

Là-dessus, elle s'est détournée, pour aligner ses pas de grue vers un groupe de pestes.

Cet après-midi-là, après l'école, Zoé a fait un flash mob toute seule. Elle s'est figée au milieu du trottoir, les yeux hauts, mais non, « mob », ça veut dire mobilisation. Seule, on est juste une folle, on gêne le passage, le monde qui passe et râle une seconde. Flash moche, c'est tout.

Le club des mouches n'est rien devenu. Quatuor fatigué, sans idées, sans imagination. Parfois, Ilario vient la trouver, il dit : « On fait quoi ? » Zoé hausse les épaules. Alizé étudie. Son cerveau est une petite usine où on n'entre pas facilement. « On verra plus tard. » Coralie s'absente et ne donne pas de nouvelles. Elle a juste envoyé une autre photo de tête affreuse, blanche, avec des yeux grands comme des étangs gelés, et le crâne sans cheveux, veiné de mauve.

Le 3 juin, un cirque s'est installé sur l'esplanade en cendrée rouge où les grands mangent leurs tartines à midi. Ça lui a donné une idée pour commencer son été à elle, changer la vie aussi, à sa manière. Elle allait approcher ces gens et demander à les aider comme ça pour le plaisir, faire les sales boulots en échange de rien. Elle ferait semblant d'aller passer ses examens, et elle irait coiffer le chameau. Et même, elle pourrait apprendre des numéros, des acrobaties, devenir professionnelle. Peut-être chanter. Chanter, ça va. Jongler avec douze oranges, marcher sur un fil en souriant dans une jupette à étoiles, la tête très haut, inaccessible et invisible. Elle en rêve, et le cirque est là, avec son chapiteau bleu et or.

Elle a quand même essayé d'étudier le début de son cours d'histoire, l'invention de la roue, tracé un cercle au compas, dessiné des yeux dedans, et une bouche ni triste ni saignante de rire, tranquille, et simple, et la roue tourne. Ce qu'on explique dans le cours, c'est que plus on recule dans le temps, moins les gens sont des gens. Il y a des millions d'années, l'âge des demi-singes, puis des millénaires, des peuplades, avec des outils, des chefs. L'invention de la guerre.

Maintenant, il y a des milliards d'enfants de tout ça qui continuent de rouler sur la Terre malade où chacune cherche son Walter. Il y a des tas de bandes de cinglés et leurs ministres, et la bande de Gaza, dont elle préfère ne rien savoir. Ça fait zéro. À Noël, pendant que les cinglés de là-bas faisaient un cessez-le-feu, une trêve sous le sapin avec un verre de vodka, elle ratait son examen d'actualité. Feuille blanche ou mine antipersonnel, c'est kif-kif. Sauf qu'un examen loupé n'arrache pas les jambes.

Le 11 juin, interrogée sur l'invention de la roue, Zoé réussissait de justesse son examen d'histoire. Les autres ensuite, sauf maths, où on ne l'a pas interrogée sur le cercle. Et chaque fois, quittant l'école et croisant le cirque, elle repoussait son rêve à l'année suivante. C'est drôle, elle se préparait à réussir son année à cause de la trouille de réaliser un rêve.

Et puis, la veille du dernier examen, il y a un grand qui est venu la trouver. Seize ans, habillé de noir, avec un foulard piqué d'araignées vertes. Il s'est approché d'elle en laissant à quelques pas deux copains qui riaient dans leur col. Ayant pris le temps de la dévisager, il a dit d'une voix de guitare basse :

– C'est toi qui as inventé un club pour les moches dans ton genre ?

Comme elle ne répondait pas, il a ajouté :

– Oh, je ne critique pas. T'es consciente de ce que tu vaux, t'assumes, tu ne te prends pas pour un canon, voilà, c'est cool. Moi je suis pour la fin du monde, je fais pas semblant d'être content. Je m'appelle Sven, on se reverra. Ciao.

– Ciao, Sven.

Il n'avait pas l'air de lui vouloir du mal, même s'il riait en s'éloignant avec ses potes. Et il était plutôt joli, enfin charmant, pas super beau, mais ça va. Et puis, c'était le premier garçon qui lui disait « On se reverra ».

Le 14 juin, elle a osé s'approcher du cirque, longer les barrières. Dans le silence qui suit les cortèges de clowns et de fauves, de chiens errants et d'otaries qui s'applaudissent en imitant le rire des cancres, il reste une part de vie.

Une sorte de concierge lance de larges flots d'eau, des coups de brosse, quelques cris.

C'est un balayeur triste et blanc, il a l'air à bout de forces, et pourtant il s'acharne, sans doute parce que le temps passe. Malgré cela, Zoé s'est glissée entre deux barrières et s'est approchée.

Pas le temps d'aligner quatre pas, le type se tourne vers elle et lui décoche un regard froid, puis des mots étrangers qui ne doivent pas signifier : « Bonjour, sois la bienvenue. » D'ailleurs, vu qu'elle ne se décide pas à rebrousser chemin, il retrouve subitement quelques notions de français pour l'inviter à quitter la place :

– Dégage !

Voilà comment un rêve s'éteint, en l'espace d'une minute.

Il y a des bugs, là-dessous, des erreurs. Parce que, de l'autre côté des murs du monde normal, derrière les grilles qui donnent sur la magie, les lumières et la musique, on ne peut pas entendre un homme crier « Dégage ! » à une jeune fille même vilaine. Ce serait comme écrire dans un livre de contes que le prince charmant sent la graisse de friture, et que les fées ne se rasent pas sous les ailes. Alors, puisque c'est ainsi, elle a bien envie d'aller griller au chalumeau la moustache des otaries, ou de saboter le trapèze, ou d'être pour la fin du monde, elle aussi, comme Sven, qui a peut-être tout compris.

Je ne savais pas.

Elle a pris un quart d'heure pour écrire « je ne savais pas », puis cinq minutes avant d'appuyer sur delete. Après ça, elle a passé un temps fou à visionner les photos envoyées par Coralie. Têtes creuses, corps fichus, des yeux à manger du noir.

Leucémie, ça ne lui disait rien, à Zoé. Elle a demandé. *Coralie, c'est quoi leucémie ? Réponds.*

Mais Coralie s'est contentée d'écrire quelques mots qui voulaient dire « À bientôt, un jour où j'aurai des photos de moi sans cheveux ». C'est tout. Plus de nouvelles à l'école non plus.

C'était ça, le secret : une maladie qui mange le sang et les cheveux.

Alors Zoé n'a rien trouvé de mieux que de se sentir ridicule avec sa laideur naturelle. Elle s'est surprise à envier cette copine, si belle, touchée par un mal mortel peut-être, et qui ferait pleurer comme elle pleure, un mal salement triste qui rassemblerait bientôt les frères, les sœurs, père, mère, cadeaux et lettres de sympathie à son chevet.

Mortel peut-être pas. On peut survivre, aller de l'autre côté, regarder ses cheveux repousser autour du rose revenu sur les pommettes, et rejoindre un banc de classe en héroïne, médaille du courage au col. « Cette fille-là, elle a vaincu la mort sans armure et sans larmes. » Walter lui-même sera indigne d'elle. Il gardera Charlotte en rêvant des yeux inaccessibles de l'incroyable Coralie.

Ce qu'elle a appris le lendemain, c'est que ce n'est pas la maladie qui décoiffe, mais le remède : une thérapie chimique bizarre qui donne des douleurs, des nausées, du blanc, du froid.

Voilà, il y a des gens qui naissent sous une bonne étoile, ceux qui naissent sous une étoile pourrie, et ceux qui passent de l'une à l'autre, boivent un peu à chacune d'elles, recevant du ciel, par exemple, une maladie qui les couvre de fleurs.

L'étoile de Zoé est pourrie de chez pourri, et Sven a raison, elle aura pour seul mérite de l'admettre et de tenir son rang de moche maudite. C'est de plus en plus clair.

« Le monde, quel cirque ! »

C'est une phrase de son père : la phrase de quand il regarde le journal télévisé où passent des morts, enfants aux jambes ouvertes, à demi broyés par des éclats d'obus. Elle n'a jamais trouvé cette parole intelligente, mais lui la trouve subtile, pour la répéter comme il fait. Il a d'autres phrases comme celle-là. « La vie, la mort, on ne sait rien… » Il se gratte les cheveux. « On se demande quand même qui tire les ficelles. »

Il reprend une bière. « Le monde, quel cirque ! »

Non. Le cirque, c'est le contraire de la guerre. C'est des années de boulot pour faire du rêve, les couteaux sont en plastique, les pistolets crachent un fil d'eau, ou des fleurs de papier.

Elle a voulu le lui expliquer, ce soir de juillet où il n'était pas là.

– Il est où ?

– Il s'est barré.

– Où ?

On n'en sait rien. Il a expliqué que de toute façon il ne voulait pas de gosses, au départ, qu'il en a marre de tout, mais c'est sa punition, d'avoir quatre gosses. Il boit trop, le soir, d'ailleurs y a plein de petits malheureux qui naissent de ça, d'un soir de cuite. Lui, il en crèvera, et tant pis, ça lui est égal. Il est parti, chez un copain, et puis on verra.

Il est parti ivre, on verra quoi ? Claquant les portes.

Zoé a écrit sur le blog : Je suis une enfant de l'alcool. Elle aime bien. Ça lui donne l'impression qu'un film pourrait naître de son histoire.

Ainsi, elle a repeint un mur de sa chambre en noir, ce qui a rendu sa mère hystérique. Pas grave, elle ne sait pas punir, c'est bizarre. Elle se fâche très fort, mais elle seule tremble, on n'a pas peur, c'est elle qui pleure dans le coin, c'est elle qui a mal des mots qu'elle dit, ou qui va fumer dans le jardin en attendant d'arrêter de bouillir.

Zoé a acheté la peinture avec de l'argent trouvé dans le sac de sa mère.

– Trouvé où ?

– Ben dans ton sac.

– Quoi ?

– C'est ma chambre, je fais ce que je veux. En plus, pour étudier c'est mieux, ça me distrait moins, et tu ne me donnes jamais d'argent de poche.

Une demi-heure de polémique. Ah bon ? Ma fille étudie ? C'est nouveau, je ne te crois pas, et cetera.

Pourtant, c'est vrai. Parce que Sven a encore redoublé, alors si elle réussit ses secondes sessions, elle a une chance de se retrouver dans sa classe. Le mystère, c'est la raison pour laquelle elle espère le côtoyer sur les bancs de l'école, ce blafard sans rêves. Peut-être parce qu'il a l'air de comprendre, justement, ce que ça veut dire « sans rêves ».

L'air de comprendre, c'est rare, ça ne vaut pas mieux que l'espoir d'être entendu, mais il faut un commencement. Or, il n'y a jamais rien qui commence, ces derniers temps, sauf la leucémie de Coralie, et le blog du club des mouches, où de plus en plus d'inconnues lancent des appels, des petits témoignages. Ce sont des filles de l'école, mais elles la jouent « anonymes ». Il y a juste un certain Warman qui jette des insultes ignobles. Oui, il y a des insultes normales, qu'on dit comme on crache sur le trottoir sans y penser, au milieu d'une conversation, et puis il y a les insultes ignobles, qu'on dit comme on crache au visage. Pour justifier peut-être sa méchanceté, il lui arrive d'ajouter de la philosophie. Quand on a l'air d'une merde, on doit se battre pour sortir de soi. Vous attendez quoi, les bouses ?

Sur le mur noir, elle aimerait bien afficher aussi une collection de choses, comme Angélique collectionne les images rouges, cœurs, lave, nez de clown. C'est sa plus belle image, un visage de clown blanc, vu de tout près, un clown apeuré, avec ce pif rond, carmin, et les yeux du malheur. Elle a demandé si elle pouvait l'emprunter. Quoi ? L'image avec le gros nez. Angélique a dit OK, je te l'échange contre une photo de toi. Je plaisante !

Zoé pourrait collectionner des images de têtes de mort, qui seraient plus proches de l'ambiance actuelle, entre les pleurs de Marine et la voix molle de Johan, qui ne fait rien parce que maintenant, c'est lui l'homme de la maison. Il prend le relais pour ce qu'il veut bien, la bière devant les jeux télévisés, avec Marine sur un genou.

Angélique a fui, elle revient de temps en temps pour annoncer que bientôt, elle ne reviendra plus, et la mère s'effondre, malgré les cachets qu'elle prend.

– Si toi aussi tu m'abandonnes…

Terribles points de suspension, on n'ose pas demander ce qui se passerait si Angélique aussi l'abandonnait.

Zoé laisse passer le soleil sur sa peau, dans le petit jardin cuit, ou bien elle profite de l'absence de sa sœur pour squatter l'ordinateur et ajouter des poèmes sur le blog.

Alizé donne des nouvelles d'Italie, où ses laids vieux l'ont emmenée pour la féliciter d'avoir réussi ses examens. C'est chouette. L'Italie a un soleil différent, un autre ciel. C'est beau, ici, tu sais ? Ils ont navigué sur la mer.

Les parents de Zoé n'aiment pas les voyages. Maman craint les étrangers, papa craint les avions, surtout les avions étrangers, et de toute façon il y a les chaînes de voyage à la télévision où on voit les animaux de près sans faire un geste et sans risquer d'attraper les maladies du Sud.

Dans le village des ruches, le bus part et revient trois fois les jours du mois d'août, et Zoé ne peut pas le prendre toute seule. Elle doit demander à Johan ou Angélique de l'accompagner. Mais Angélique a son prince chauffeur, et leur frère un scooter. Elle s'en ira en cachette, plus tard.

Ce matin, Zoé est partie à pied vers les ruches, et ça lui faisait peur. Elle ignorait pourquoi, car ce n'est pas son habitude, de craindre les animaux. Elle pourrait prendre une mygale ou un serpent dans ses mains. En tout cas, un hamster ou une mésange, elle pourrait. Non, c'est autre chose qui la perturbe. Le chemin est neuf pour elle, qui vit pourtant ici depuis toujours. « Toujours », à quatorze ans, ce n'est pas encore long, mais changer de lieu, même sans raison, ça chatouille le quotidien. Elle sait qu'elle marche comme on part sans intention de retour. On dirait que ses jambes sont une paire de ciseaux tranchant un paysage, ouvrant une brèche sur la colline. Ses jambes lui semblent utiles pour la première fois, et le monde est ouvert.

Les ruches sont alignées comme de vieux robots de bois crachant les mini-tigres, et il y a là un homme grillagé, jambes maigres et ventre en oignon, qui soulève des plaques où ça colle et où ça grouille. Dans quelques secondes, il va crier : « Dégage ! » Non ? Il a tourné la tête vers elle plusieurs fois, mais on dirait que sa présence l'indiffère. Il continue son travail de chef des robots, et Zoé reste là, avec son envie d'approcher, pour voir. Voir si ça pique, voir si elle peut, et jusqu'où. Elle repense à son idée de plonger le buste dans une de ces boîtes à venin. Pas exclu qu'elle le fasse, mais uniquement avec le même filet tout autour d'elle, question de recevoir l'odeur et le bruit du petit enfer qui doit régner là-dedans, sans risquer d'en souffrir.

L'apiculteur a fini son boulot et marche vers elle doucement. Parvenu à ses côtés, il ôte son treillis, cligne des yeux, penche une affreuse tête avec une sorte de bulbe sous la peau du cou, un menton flasque, et des joues tombant comme des côtes de porc périmées. Le bonhomme a des moustaches à la place des sourcils, et de grands yeux veinés de jaune.

– Ça t'intéresse ?

– Quoi ?

– Les abeilles.

– Je ne sais pas.

– Quel âge as-tu donc ?

– Quatorze ans.

– C'est pour ça que tu sais pas. Quatorze ans, c'est l'âge où on commence à répondre « je sais pas » à toutes les questions, et « je sais » quand on ne veut pas savoir.

Elle a manqué de répondre qu'elle le savait, mais elle s'est retenue à temps.

– Tu me suis ? Je vais te montrer.

– Quoi ?

– Les abeilles.

Là, elle a pensé qu'il devait être bien seul et qu'elle aurait dû rester chez elle.

– Paraît que si les abeilles disparaissent, l'humain disparaîtra aussi, dans les cinq ans au plus tard. C'est Einstein qui l'a dit. Et tu sais quoi ? Elles disparaissent.

Ils se sont arrêtés à dix pas des ruches.

– Il y a déjà des pays où il n'y en a plus. Alors là-bas, les hommes ont pris le relais. Ils pollinisent les fleurs avec des pinceaux très fins.

Un moment, Zoé a pensé que c'était peut-être un coup du gang de Sven, qu'il existait peut-être sur la Terre une sorte d'armée, du genre « l'armée des araignées vertes », résolue à précipiter la mort des abeilles, et donc des gens. Mais non, c'est juste à cause des microbes et des pesticides, comme le Régent et le Matador, a expliqué l'apiculteur.

C'est un beau nom de métier : « apiculteur ».

Il s'est penché vers elle et il s'est mis à lui demander des choses, son nom, et pourquoi elle était venue jusque-là, ce qu'elle aimait dans la vie. Pendant qu'elle répondait qu'elle ne savait pas, il lui a indiqué d'un geste un sentier qui repoussait des fougères et de jeunes arbres. Elle s'est dit qu'elle devait se méfier, des fois qu'il serait zoophile, contrairement à Walter, mais elle l'a suivi quand même, jusque chez lui, où sa femme cuisinait. Également de forme étrange, tenant plus de la nature primitive, toute ronde, pomme blette, avec une verrue mauve à poils ras, mais le visage en extase et une voix d'enfant. Et elle portait quand même sur la tête un beau ruban bleu satiné, pour attacher ses cheveux gris.

Elle a proposé des galettes que Zoé a refusées, parce qu'elle n'a pas appris à recevoir, elle a appris à dire non aux autres, à se méfier d'eux, à ne pas les croire.

– Non, merci.

Pourtant, ça l'aurait changée des biscuits secs.

– Tu t'intéresses aux abeilles ?

Elle parle très lentement, avec une voix qui se balance, un peu en bas, un peu en haut, sans doute à cause de la forme de sa bouche, qui a deux méandres. Ça la fait réfléchir, Zoé, de voir ces gens à tête de furoncle exister ensemble gentiment, à l'écart des civilisés, des marchands de bonbons au miel qui leur doivent leur semaine de vacances dans le Sud. C'est vrai qu'avec cette tête, ils ne doivent pas craindre les piqûres.

Évidemment, ils ont voulu savoir où elle habitait, et ce que faisaient ses parents, parce que, du haut de leur colline à fleurs, ils doivent penser qu'en ville, c'est plein de familles normales avec des parents qui font quelque chose dans la vie, et dont on parle en souriant stupidement.

– Mon père écrase des vieilles voitures cassées, mais il est parti, et ma mère est en congé de maladie.

Dans un silence, ils se sont collés l'un à l'autre pour voir tout au fond de ses yeux si c'était grave ou non, ce qu'elle racontait là. Ils souriaient, dans le doute, et la dame a fini par demander :

– Tu es certaine que tu ne veux pas une galette ?

Zoé a répondu d'une moue et d'un geste d'épaules qui voulaient dire : c'est pas que je n'en veux pas, mais moi, on m'a appris à refuser ce que donnent des étrangers, peut-être parce que ce sera toujours meilleur que les biscuits secs et qu'on risque d'avoir envie de tailler la route.

Elle a dit simplement :

– Je vais rentrer chez moi.

– Très bien. Tu es la bienvenue quand tu veux, hein.

Et lui d'ajouter :

– Tu retrouveras le chemin ? Bon, bon, allez, au revoir ma jolie.

Sont-ils à ce point laids qu'ils peuvent la trouver jolie ? Ou bêtes ? Plus méchants que des ogres sans dents ? On ne dit pas « Ciao, la mouche », d'accord, mais « Au revoir » suffit.

Avant de dépasser les ruches, elle s'est arrêtée à quelques mètres, presque rien, et piétinant l'herbe déjà foulée, elle s'est trouvée bientôt assez près de l'une d'elles pour la toucher du bras.

En deux coups de pied terribles, elle a brisé le bois au flanc, puis, coudes et poings serrés, elle a précipité le haut de son corps comme un bélier pour faire basculer la ruche au sol.

Une abeille lui a piqué la main, une autre la cheville, une troisième, s'engouffrant dans la bouche ouverte, a piqué la chair du gosier.

On lui demande d'expliquer ce qu'elle ne s'explique pas. Tout le monde attend une raison. Elle a un psy jeune, M. Demarteau, qui a des favoris comme de petites barbes, et une veste en cuir, l'accent de ceux qui étudient beaucoup tout le temps, et l'air de vouloir rassurer, bon, elle n'a tué personne, tout le monde est en vie, sauf « quelques stupides mouches à miel ».

Dans son lit d'hôpital, elle pense à Coralie, qui dort peut-être à quelques chambres de la sienne.

Elle a demandé à l'infirmière :

– Combien de temps je peux rester ?

– Oh, tu vas vite rentrer chez toi. Ne me dis pas que tu voudrais rester ici !

Elle ne l'a donc pas dit.

Son père n'est pas venu la voir. Les autres oui, Angélique en premier, avec un regard de hibou, et elle seule a évité de demander pourquoi. Elle l'a dévisagée longtemps, peut-être parce que, quand quelqu'un a frôlé la mort, il a l'air incroyablement vivant.

L'idée qui est passée dans la tête de Zoé pendant que sa sœur lui souriait, c'est qu'elle pouvait inventer les raisons de ce que tout le monde appelle « son geste ». Ça les rassurerait d'entendre une cause, même grave.

Avant ça, c'est elle qui a demandé à sa sœur pourquoi.

– Pourquoi t'es partie de la maison ?

– Devine.

– Je sais pas. Tu habites chez ton mec ?

– Ben oui.

– T'as de la chance.

– Pourquoi ? Tu as un amoureux, toi ?

– Non.

Parce que Angélique n'a pas insisté, Zoé s'est rendu compte qu'elle avait très envie de parler de Sven, très envie qu'il vienne la voir, qu'il l'engueule pour ce qu'elle a fait, et parte en disant encore : « On se reverra. »

C'est la mère qui est arrivée, avec Marine et Johan, pour l'emmener loin de là, car on ne peut pas crier dans un hôpital, et elle avait très envie de crier. Quant à Johan, il avait préparé sa phrase comique :

– C'est marrant, soi-disant tu vas faire le tour du monde, et t'as pas fait un kilomètre, déjà tu te retrouves à l'hosto.

Marine s'ennuyait, c'était décidé. Elle a joué avec tout ce qui se trouvait à portée de ses bras, voulu changer les positions du lit, ouvrir la fenêtre dormante, appuyer sur le bouton d'appel des infirmières, puis :

– Je m'ennuie.

– Oui, a geint leur mère, c'est normal, on s'ennuie dans les hôpitaux, c'est pour que les gens n'aient pas envie de rester, comme en prison.

Il a fallu attendre quand même, pour que Zoé puisse parler encore au psychologue. Elle lui a raconté la vérité, expliqué qu'elle ne savait pas, et que ce n'était pas grave.

– Non. Mais tes parents vont devoir rembourser les dégâts, et tu as de la chance que monsieur Simon soit arrivé tout de suite.

– Le type des ruches ?

– Oui.

M. Demarteau a expliqué que Zoé devait fuir ce qui lui faisait peur au lieu d'y lancer des coups de pied. Pour l'instant en tout cas, parce que le mieux, c'est de réussir à ne plus avoir peur, mais ça prend des années, il paraît. Après ça, il lui a demandé si elle avait déjà eu des expériences avec des abeilles, et elle a répondu que, quelques années plus tôt, Angélique l'avait défiée : « Je parie que tu n'oserais pas poser ton doigt sur l'abeille. » Elle avait osé. Piqûre.

Le psy pense qu'elle a trouvé sa vengeance, mais le problème, c'est le goût qu'elle semble nourrir pour le danger.

– Ben non, a souri Zoé, moi je n'aime pas les dangers.

– Alors tout va bien.

Après quelques phrases très jolies qu'elle a oubliées, il l'a laissée en disant :

– Ça te va bien, le rose. Ce serait bien qu'on

se revoie le mois prochain. Ta maman a mon numéro. Je te le donne aussi, au cas où...

Comme annoncé, une fois sur le seuil de l'hôpital, la mère s'est mise à crier.

– Je passe pour quoi, moi, avec tes conneries ? Tu crois que j'ai pas déjà assez de problèmes ?

Punition pour l'ingrate. Travaux domestiques, question de rembourser le prix de la ruche.

L'apiculteur est venu le soir même avec sa femme, vêtus tous deux comme des importants, serrés dans du costume, du laid tissu raide aux couleurs de funérarium. Et Mme Simon, pour l'événement, portait deux rubans bleus, un de chaque côté.

Il a fallu chasser Johan du divan pour les asseoir ensemble, et Zoé, debout face à leur tête en tubercule, a demandé pardon deux fois. Ça les embêtait, ils riaient en se tortillant, soulevant le bras comme ils pouvaient.

– Oh mais non, mais non, nous sommes certains qu'elle n'est pas méchante, au fond, n'est-ce pas ?

Ce qui a eu le don d'excéder la mère. Voilà qu'elle devait les sermonner aussi, ces deux niais. Ils allaient encourager une gamine à commettre des crimes.

Après un quart d'heure de palabres, ils repartaient bras dessus bras dessous, en s'excusant de déranger, d'être venus, de ne pas être furieux, de ne pas avoir apporté de bonbons et de ne pas avoir alerté la police.

Le père à moitié ivre est venu le lendemain, pour s'en prendre à sa femme, brailler qu'elle était incapable de veiller sur ses enfants et de les éduquer « normalement ».

Les cris ont glacé la maison, une grêle d'insultes crachées aux joues, et les pleurs de Marine. Enfermée dans sa chambre, Zoé ne voulait plus entendre, elle voulait fuir encore, au-delà des ruches et des collines.

Un jour, elle se vengera de tout ça. « Tout ça », c'est beaucoup de choses qui s'entrechoquent, un gros nez, l'hôpital, Walter, la tristesse au ventre.

Dans son silence à elle, couvert par les hurlements de ses parents et le bruit de verre cassé, elle a enfoncé la pointe de son compas, à petits coups vifs, dans la Barbie à rollers, ses jambes, son ventre, son front.

Au bout d'une heure, le calme est revenu entre les murs. Tout le monde devait se retrouver au salon, où séchaient des larmes, où traînaient des débris. Vite, on s'assoit. Désolé, les enfants, maintenant, tout va mieux.

– Arrête de rire, Johan. On va s'embrasser. Allez, embrasse ta sœur, et ton papa qui va revenir à la maison, maintenant. À toi, Zoé.

– Non.

– Je te le demande. On se fait un bisou. Obéis, s'il te plaît.

Bisou. Terminé. On va manger ensemble. À la table de la cuisine, avec quelques souvenirs de quand c'était bien, du rire qu'il faut réveiller de force. Le jour où Marine voulait manger la crotte du chat. C'était drôle, hein ? Marine éclate de rire, mais on dirait que ça lui fait mal, elle rit en fermant ses petits poings blancs, très fort. On le lui dit :

– Calme-toi un peu, ma chérie.

Ce n'est pas très bon, ce qu'ils mangent, la viande froide, la sauce en bocal, les patates molles, mais personne ne se plaint.

Papa revient à la maison. On a besoin de lui.

Il a fini par demander :

– Pourquoi tu as fait ça ?

– Pour que tout le monde le sache.

Elle est contente de cette réponse-là. Ça va mettre des fourmis dans les cerveaux. Que tout le monde sache quoi ? Que l'abeille est l'ennemie des humains ? Que Zoé s'ennuie à la fin du mois d'août ? Qu'un père quittant sa famille prend le risque d'une déconvenue ?

En attendant le jour où ils comprendront, elle est encore punie. Travaux « d'intérêt général ». Et la mère, assise pieds sur table, claironne et joue les duchesses. « Ah, ma fille repasse du linge, c'est bien, je me repose, moi. Après ça, elle rangera la vaisselle et nettoiera la cuisinière. »

Plus tard, Zoé n'aura pas d'enfants, elle ira dormir tard et sera voix de sorcière pour dessins animés. Elle imite bien les voix de dessins animés, surtout les sorcières.

Coralie n'est pas morte, ça va, ce n'est pas la pire des leucémies, mais elle vomit beaucoup. Le blog aussi vomit beaucoup, on y rencontre plus que des débilités. L'important, on dirait, c'est de dire que les autres sont très cons. Et non, c'est toi qui ferais mieux de te taire, parce que Machin a raison, Machin remercie, on fait un petit clan de deux ou trois, interrompu de temps en temps par Warman, qui continue de citer les philosophes. Quoi qu'il écrive, on se ligue contre lui. Aucun rapport, fais pas ton malin, tu te crois intelligent ? Et cetera.

Alizé s'en est détournée aussi. Rentrée de vacances avec une cheville foulée. Décidément, chacune s'est foulé quelque chose : la cheville, le cerveau, le sang.

– On reparle du club à la rentrée ?

– D'accord, on en reparlera.

La rentrée vient trop tôt pour tous, particulièrement pour les secondes sessions.

Zoé a réussi sans gloire, un petit six, mais c'est bien.

Sven est dans une autre classe, tant pis, il lui a fait un clin d'œil dans la cour, et le clin d'œil est une immense petite chose.

Jalouse, Alizé l'a suppliée d'être méfiante.

– Il ne m'inspire pas confiance, elle a dit.

– Ben moi, il ne m'inspire pas méfiance.

– Tu fais ce que tu veux. Pour le club, j'ai réfléchi. Il faudrait un objectif.

– Quel objectif ?

– Je ne sais pas. Le manifeste, je crois que ce serait bien.

– Avec nos photos ?

– Non. Enfin peut-être aussi. Nos petites histoires. Ou un film. Quelque chose de fort.

– Un suicide collectif.

– …

– Non, je rigole.

Alizé avait une autre idée : le signe de reconnaissance. Elle a fait des recherches sur la mouche que les dames se collaient au visage. Il se trouve que la place de cette mouche ne tient pas du hasard, mais d'un code : deuil, désir, célibat et autres. Ce qui serait sympa, c'est d'inventer un code pour les membres du club, ce serait sympa, oui, d'accord. En commençant par interdire l'accès aux garçons, parce que Ilario est vraiment trop lourd. D'accord aussi.

Quand elles le lui ont annoncé, il a demandé pourquoi six fois, avec quelques spasmes de panique. Lui, il avait dit aux copains qu'il était dans un club de filles, et qu'est-ce qu'ils vont penser, maintenant, les copains ?

Le lendemain, une petite Sarah toute maigre est venue demander si elle pouvait être une mouche.

Sans l'ombre d'une hésitation. Une toute petite mouche blanche, qui tremble et n'a jamais très faim, butine de la rosée de mauvaise herbe. En plus, comme les mouches, Sarah zézaie.

– Bienvenue. On s'écrit sur MSN. Et on a plein de projets.

– Ça tombe bien, a répondu la petite mouche blanche. Moi je n'en ai pas.

Elle a un œil qui vit seul, qui va voir ce qui se passe à gauche quand l'autre reste droit. Zoé pense que les mouches font ça aussi. C'est une bonne recrue, vraiment.

Le soir même, elles ont échangé quelques mots sans fond. Sarah répète qu'elle fera tout pour servir le club, et qu'elle est très contente d'avoir enfin des amies.

– Non, a corrigé Zoé. Amies, c'est plus tard peut-être. Et pour être membre du club, il y a une épreuve. Deux. Aller dire à Walter que tu le trouves beau, et dénicher une recrue pour la semaine prochaine.

– Ça va.

Le lendemain, Sarah s'exécutait, et le mot n'est pas large.

– Walter, je t'aime.

– Oh, lâche-moi, la punaise.

Ce qu'elles ont pu en rire, toutes les trois, dans un coin de la cour.

– Ça défoule, hein !

À en pleurer, en répétant l'histoire chacune à son tour. Carrément « je t'aime », elle est malade ! Non, folle ! C'est Coralie qui est malade, et il ne faut pas rire. Elles ont expliqué à Sarah ce que vivait cette jolie mouche-là, et Sarah n'a pas ri.

– Tu as des nouvelles ? a demandé Alizé.

– Non, je n'ose pas en prendre.

Elles ont reçu avant la fin du mois une photo où Coralie souriait sans les cheveux.

Pas facile de dénicher des recrues. La plupart des filles moins jolies essaient de l'être un peu plus, et s'acharnent à caresser le rêve de séduire, en mâchonnant le coin de leur oreiller. Ou bien elles se moquent des bla-bla du cœur et des petites fleurs d'amour, des mignonnettes et des mignons. À la rigueur, elles suivent les histoires glamour d'une Amérique à paillettes, ou des stars de séries sans âme, et se passionnent pour des chanteuses. Elles étudient beaucoup, aussi, dit-on.

Pourtant, elles viennent, de plus en plus nombreuses, bavarder sur le blog. Des folles ont créé un club de moches ! La nouvelle s'est répandue dans les cours de l'école. Et des filles écrivent qu'elles ont mal d'être grosses quand il faut courir autour de l'école et que les garçons se marrent à la fenêtre. Alors venez, joignez-vous au club, écrit Zoé. « Ça va pas, non ! »

Le dernier débat concernait les garçons, pourquoi les mecs moches ont l'air de s'en foutre. Alizé a expliqué : « C'est la culture. On ne demandera jamais à un homme d'être décoratif. »

Zoé ne sait pas pourquoi sa laideur l'occupe autant. Ça ne doit pas être seulement à cause de Walter, ou de son envie d'être une seconde dans les bras de Sven, et qu'il lui prête son foulard aux araignées, qui seraient les copines de ses idées noires. Des araignées de coton, pour s'endormir.

Sven, il est le seul à trouver cool le club des mouches. Si les laides le savaient, elles s'inscriraient peut-être.

Faute de recrues, elles seront quatre le temps qu'il faudra, quitte à devenir le club des quatre mouches. De toute façon, les nombres se créent et se transforment. Un parent plus un parent, ça donne deux parents plus un enfant, ou deux, puis trois, puis quatre. Deux donnent quatre, ça fait six. Moins un, puisque Angélique ne reviendra pas. Moins deux parce que le père s'en va aussi, pour de bon cette fois. Seul, affirme-t-il. Les familles sont devenues des pissenlits en grains, qu'une rafale décoiffe. On se ressème où on peut. Il s'en retourne en ville, dans un quartier glauque ou rien ne coûte cher.

– Seul, mon œil ! a crié la mère. Et qu'est-ce qu'il va foutre dans cette ville ? À ton avis ?

Zoé a haussé les épaules, ce qui est très pratique. Pas la peine de tout écouter. Elle reste dans sa bulle, et quand elle entend qu'on l'interroge : haussement d'épaules, avec une moue plus ou moins appuyée.

– À part boire, je ne vois vraiment pas ce qu'il va foutre.

C'est vrai, même en réfléchissant plusieurs

secondes, Zoé ne voit pas non plus. Elle a répondu :

– Je te raconterai.

– Tu me raconteras quoi ?

– Quand j'irai chez lui.

Elles ont échangé des regards bêtes et méchants, mais plus un mot ce jour-là.

Donc, maman déprime, quand elle fait le compte, elle a même parlé de se supprimer : « Mais qu'est-ce que vous seriez sans moi ? »

Se soustraire à soi-même, ça fait zéro.

C'est récent, pour Zoé, la découverte de cette idée de ne plus vivre qui rampe dans la tête des autres. Bon, c'est toujours absent de sa tête à elle, tant mieux. Pourvu qu'elle continue de craindre la mort comme elle craint la torture. Simplement, elle s'étonne de savoir que ce désir-là existe, et que tant de gens l'énoncent avec sérieux. Même les jolis, même sa maman, c'est dire si ses enfants ont de l'importance.

Dans une clinique de la capitale, Coralie s'efforce de sourire, la tête en œuf blanc, et elle promet de vivre. Tout ça est très bizarre.

Sur MSN, en début de nuit, Sarah voulait écrire la grande joie de se sentir moins seule, mais elle ne trouvait pas les mots, c'est tout ce qu'elle écrivait :

– Je ne trouve pas les mots.

– Dommage, a répliqué Zoé. Quand on est moche, on a au moins intérêt à trouver des mots.

– C'est que j'ai l'habitude d'écrire des choses tristes. D'ailleurs, je crois que c'est plus facile.

– N'oublie pas qu'il te reste une semaine pour trouver une recrue.

– Oui, je crois que j'ai trouvé. Je vous la présenterai.

– Une semaine…

– Oui, promis. C'est ma voisine.

Ça lui plaît, à Zoé, d'être la « cheffe » de quelqu'un. Elle ne savait pas qu'elle pouvait. Sur Marine aussi, ça fonctionne. Elle prend une tête cruelle, en raidissant ses yeux comme s'ils étaient des muscles, et le regard en couteau de boucher, puis elle parle d'une voix grave en laissant la salive rouler sous son palais, mâchoire inférieure poussée vers l'avant. Pas besoin de cris, aucun geste, on garde son calme, et paf, l'autre a peur et devient tout rouge, ou tout blanc, et Marine se débat, grince des dents, puis obéit. C'est vraiment cool, pas toujours simple à réussir, mais ce sont des petits moments qui font du bien comme des bonbons acides.

La voisine de Sarah est trisomique. Elle rit, son visage mou pèse d'une immense envie de rire, la bouche s'ouvre, jusqu'à s'écarteler, on dirait un fruit rose qui va se fendre. Mais Zoé ne l'a pas trouvée laide. En tout cas, ce n'était pas une de ces laideurs normales de fille, ou de fille normale. On la dirait habitée de toutes les émotions possibles, avec l'envie de connaître la joie seule, et de rire à s'en gonfler le corps. Elle attend de jouer à quelque chose de drôle, c'est tout.

Les filles s'étaient donné rendez-vous sur la place, près de l'école, où le cirque avait campé. Arrivées à l'heure, presque ensemble, elles se sont examinées les unes les autres.

– Voilà, je vous présente Julie, a dit Sarah.

Très vite, Alizé a secoué la tête et les bras.

– Non, ça n'ira pas.

– Pourquoi ?

Et Zoé a répondu dans le même souffle :

– Parce que ce n'est pas qu'elle est laide.

– Ben si, a promis Sarah.

Et Julie de confirmer :

– Si, suis laide.

Elle a grimacé affreusement, de toutes ses forces, avant de rire.

– Bon, il faut qu'on réfléchisse.

Et qu'elles se dépêchent d'écrire un règlement précis, pour éviter les rencontres embarrassantes.

Ou grotesques.

– En plus, on dirait qu'elle a déjà quarante ans.

Zoé aurait bien abandonné une fois pour toutes cette histoire de club qui ne sert à rien. Se faire des amies, d'accord, mais côtoyer des anormales sous prétexte qu'elles ont un point commun dont tout le monde se passerait, non, ça ne l'intéresse plus. Elles ont accompagné Julie chez elle, et ses parents souriaient, normaux, et très gentils.

– Merci de lui avoir donné un peu de votre temps. Vraiment, vous êtes adorables.

– Oui. Au revoir madame.

Chacun chez soi, maintenant. Le week-end est clair, avec un soleil qui se prend pour l'été, et des petits oiseaux qui dansent.

Il manquait peu de choses à Zoé pour se sentir bien, mais se sentir bien grâce au soleil et aux oiseaux, elle a pensé que c'était un signe de vieillissement.

Le visage de la trisomique a empêché Zoé de dormir, puis tous les mystères de la vie. Dont le sourire très gentil des apiculteurs, qui n'ont pas appelé la police le jour de la destruction des ruches, qui sont venus à la maison pour prendre des nouvelles, et dire : « Seigneur, ce n'est pas bien grave ! »

C'est ce mystère, sans doute, qui l'a mise en chemin. Le lieu du crime, c'est là où il faut être pour trouver des indices.

L'épouse s'agitait au jardin, pliée comme elle pouvait, car il n'est pas simple de plier un rond. Elle griffait la terre en soufflant, enlevait des touffes de choses vertes, des fleurs de rien qui cernaient d'autres fleurs du genre pin-up, toutes gonflées de couleurs, les pétales comme des jupes. Et puis, gémissant lourdement, elle plantait de gros outils en fer pour arracher des nœuds de bois, des bouts de racines.

À secouer son corps en tous sens, elle a fini par apercevoir Zoé, ce qui l'a remplie de joie, de « oh ! » et de « ah ! ».

– La petite demoiselle ! Viens donc ! Chéri ! C'est la petite demoiselle !

Il est apparu presque aussitôt, de la farine aux mains, une serviette à l'épaule. À son tour, il a gesticulé, cherché des mots d'accueil, il a fallu qu'elle entre, et s'assoie, vite, avec de l'eau grenadine, et leurs regards sur elle comme sur un nouveau-né.

Peut-être qu'au lieu d'élucider le mystère, ces deux fermiers du miel allaient se contenter de l'épaissir. Qu'elle soit la bienvenue chez eux, ça pourrait déjà étonner du monde. Qu'ils la reçoivent avec autant de manières, de courbettes et d'eau fraîche, ça cache une grande stupidité ou une énigme, un secret qu'elle n'allait pas tarder à connaître.

D'abord ils ont reparlé de la ruche brisée, le temps de rappeler que cela n'avait pas d'importance. Ils ont raconté les abeilles, qui dansent, disent-ils. Et l'hydromel, les savons qui porteront bientôt le nom du patelin.

Elle n'écoutait rien, sinon la sonorité des phrases, alors ils se sont assis presque autour d'elle avec une tarte au flan dont elle devait goûter, et pendant qu'elle mordillait la pointe d'un quartier, ils ont respiré tous les deux très fort avec de la tristesse aux yeux. Se pouvait-il qu'ils partagent une grande peine face à la laideur de son visage ? Au point que l'épouse éponge ses paupières dans un tablier ?

Ils souriaient quand même, dans le silence en plomb. Alors le vieux s'est décidé à expliquer :

– Nous avions une fille de ton âge, vois-tu ? Elle te ressemblait. La voix, aussi, une façon de parler. Ça nous touche que tu nous rendes visite, tu comprends ? C'est comme si, enfin, c'est un peu comme si on parlait avec elle.

– Elle nous a quittés, a précisé sa femme en hoquetant. Un cancer.

Zoé a senti que sa gorge se nouait comme au sortir d'un cauchemar, et dans son ventre, un chagrin poussait avec des épines, parce qu'elle avait l'impression d'être à moitié morte, aux yeux de ces deux-là. Ils voyaient sur ses traits le fantôme de leur petite fille.

– Elle aurait eu ton âge.

Et l'âge de Coralie, dont elle prendra des nouvelles dès son retour.

– C'est à sa mort qu'on est venus ici. Avant, on habitait en ville, et on travaillait dans la vente. On n'a pas pu rester là-bas, il y avait des souvenirs partout. On est venus ici pour commencer une autre vie, et ne pas mourir de peine.

– Arrête, Jean, tais-toi un peu. Pourquoi tu lui racontes ça ? Allez, petite, tu vas nous finir cette part de tarte, et nous allons parler d'autre chose.

Zoé ne demandait pas mieux, mais on aurait dit que c'était trop tard. Et comment partir, maintenant ?

– Elle s'appelait Louise. Tes parents vont bien ?

– Oui.

Et que faire de ce prénom-là ?

Si elle est venue aussi vite à bout de son quartier de tarte, c'est uniquement pour s'esquiver.

– Je dois rentrer.

– Tu sais que tu reviens quand tu veux.

Après les avoir remerciés en s'excusant à mi-voix, elle a couru entre les arbres jusqu'aux ruches, qu'elle aurait bien réduites en poussière, si elle ne s'était pas vidée de ses forces en vomissant.

Molle et pâteuse, elle est rentrée chez elle, dans sa chambre noire et rose, où elle n'a presque pas pleuré. Rien ne lui semblait clair. Pas de projecteurs sous le chapiteau de son crâne, juste une piste en sable du désert, et elle au milieu qui jongle avec des idées noires, des chauves-souris. Elle était à moitié triste, à moitié fâchée, et tout ce qu'elle a été capable d'écrire dans son cahier de notes, c'est la question suivante : *Pourquoi, quand on est à moitié triste, on ne pleure pas que d'un œil ?* Elle pourrait cacher la moitié du visage qu'elle voudrait, et sourire à demi, du côté qui ne pleure pas.

Tête vide, elle a ajouté « Louise » à la liste des membres du club. De cette façon, il était écrit que Louise était vraiment une autre personne, plus laide qu'elle certainement, vu la tête de ses géniteurs.

Bien sûr, il faudra qu'elle demande l'avis des autres, parce que inscrire une morte, ce n'est pas commun, ça jette un froid.

Elle a commencé par envoyer quelques mots à Coralie. On pense à toi, tu sais. Guéris vite.

Elle a peur.

Jusqu'ici, non, elle considérait comme une mauvaise grippe le mal rongeant Coralie. Pourquoi ressent-elle ce matin une vraie panique à l'idée que cette amie à peine entrevue puisse mourir ? Peut-être parce qu'on se plaît à croire le plus longtemps possible qu'il y a un âge pour ça. Parce qu'avant d'écrire « guéris vite », elle avait tapé « ne meurs pas ». Delete. Guéris. Vite. Pensé « On t'aime fort ». Maintenant, elle attend des nouvelles en se persuadant que ça ira bien, qu'elle redeviendra jolie.

Mais ça ne doit plus compter, pour elle, de redevenir jolie. Alors pourquoi cette maladie ne s'en prend pas plutôt à elle, Alizé, ou une autre moche ? Si elles meurent, c'est moins grave, si elles survivent, elles peuvent réussir à oublier un peu leur laideur, à se dire que ce n'est pas le plus important.

Est-ce que c'est plus grave de mourir quand on est jolie ? C'est clair, puisque mourir, ce n'est jamais grave que pour les autres, et quand on est jolie, on manque à plus de monde.

Peut-être pour la convaincre du contraire, Sven lui a fait la bise, à dix heures. Juste la bise, en souriant.

Alizé venait à sa rencontre au même moment.

– Je t'ai dit de te méfier de ce mec.

– Pourquoi ?

– Je ne le sens pas.

– Pourquoi ? Parce qu'il a des araignées vertes sur son foulard ?

Zoé a voulu parler de Louise, mais c'était trop compliqué. Et de toute façon, l'idée de l'inscrire au club est une idée glauque, d'autant que si Coralie meurt, ça fera deux mortes sur la liste. Même pour le club des mouches, c'est beaucoup.

Le lendemain, il s'est arrêté, Sven. Il a dit :

– Tu ne sors jamais ?

– Non.

Il a posé d'autres questions, l'air de ne pas y toucher, où elle habite, et quoi, la vie, comment ça va ?

Rouge, elle a expliqué que son village était très connu pour le miel, et que la vie, c'est moyen quand même. Sven a lorgné le ciel comme s'il y passait des choses plus passionnantes que dans la voix de Zoé. Zoé, elle ne sait pas ce qu'il faut dire à un garçon. Il l'a interrompue pour revenir à sa première question.

– Et pourquoi tu ne sors jamais ?

– Tu sais, dans mon village…

– Y a que les abeilles qui bougent.

– Ben oui.

– Faut venir en ville. On te ramènerait. Allez, ciao.

Ce soir-là, elle a ressenti en elle comme du pain chaud, et elle a dansé sur place au milieu de sa chambre. Sur place, on n'a pas le vertige. Un peu cette fois, mais un vertige bizarre qui te donne l'impression de tomber vers le haut.

Dans sa tête, et dans ses poings fermés, il y avait aussi cette décision : elle passera, si elle peut, les week-ends chez son père, et la semaine au village. Et elle dira à Sven : « J'habite en ville de temps en temps. » Puis elle secouera ses cheveux en signe de liberté.

Chaque fois qu'elle a une idée, Zoé est persuadée que c'est la pire de toutes, mais elle la suit quand même.

Donc, au lieu de descendre au troisième feu pour attendre le bus qui se perd dans les campagnes, Zoé est restée dans le bus qui mène au centre-ville, près du quartier où son père a trouvé un toit.

La rue où ce toit l'abrite « jouxte » le centre historique. C'est le mot que le père a choisi pour indiquer le chemin.

– Ça jouxte le centre.

On pourrait avaler sa langue, à dire ce genre de mot.

– Tu contournes la cathédrale.

Par une ruelle où passent quelques chiens, tirant parfois un maître.

– Tu files à gauche.

C'est à droite qu'il y a des arbres et des êtres humains.

– Et là, tu marches tout droit, jusqu'à la caserne de pompiers.

Cinq cents mètres sans courbe, une ligne qui rétrécit, perd toute lueur, s'enlise dans un quartier où les murs ont des cloques, des vitres poussiéreuses, ou pas de vitres du tout. Quelques façades attendent qu'on les redresse, et leurs poutres sortent comme des os fracturés. Parfois, ce sont les toitures qui s'affaissent. On voit des petites maisons au crâne brisé, et ça se loue quand même, une bouchée de pain.

Encombrée d'un sac trop lourd, elle a sonné, s'est essuyé le front, et son père a répondu très vite, en hurlant par la fenêtre du quatrième :

– Bouge pas, je descends.

Il est apparu tout frais, rasé, les cheveux horriblement laqués vers l'arrière, et les joues suintantes d'eau de Cologne.

– Viens, c'est en haut mais, au parlophone, ça n'ouvre plus. Je vais te présenter Gina.

Gina est une sorte de femme, en petit, avec une poitrine de grande qu'elle laisse un peu déborder, de même qu'elle laisse déborder ses dents des lèvres rouges et gonflées. Elle a des doubles mentons partout, et elle les montre, les promène, s'agite comme une poule chassant le ver.

Elle a essayé de faire amie-amie avec Zoé, en disant que c'était chouette qu'elle vienne voir son papa, et qu'elles allaient bien s'entendre. Ensuite, elle s'est remise devant la télé criarde.

– Assieds-toi, ma grande, je te sers quoi ?

– Un coca.

Il a posé un verre et la bouteille sur la table, entre les cannettes vides, et il l'a regardée boire, avant de dire :

– Ça va, à l'école ?

Elle a fait oui de la tête, visé la fenêtre étroite où se traînait la fin du jour.

– Et le mec aux abeilles, il t'embête pas ?

– Non.

– Ta mère non plus ?

Non de la tête.

À la télé, des gens applaudissaient quelqu'un qui gagnait beaucoup d'argent, et Gina a commencé à s'agiter, comme si elle avait gagné aussi, puis, se rappelant que non, elle s'est mise à pester sur sa propre misère.

– Il y en a quand même qui gagnent un paquet de fric, à ce jeu !

– Je vais dormir où ?

– Viens voir.

Il a ouvert une porte grinçante qui donnait sous les tuiles, mais c'était joli, avec une lucarne fendue, un gros matelas très mou et, pour ses vêtements, une commode éventrée.

– Je te laisse ranger tes petites affaires. Gina va chercher des pizzas.

La Barbie à rollers au poing, Zoé s'est assoupie, et ne s'est réveillée qu'au milieu de la nuit, à cause de quelques cris aigus de Gina. Elle a allumé sa lampe de chevet, regardé la poupée, qu'elle a jetée contre le mur avec l'envie de lui demander pardon. Elle l'a aimée, elle l'a tuée plusieurs fois, amputée, éborgnée avec grand soin, et maintenant elle s'apitoie et voudrait expliquer qu'elle ne l'a pas fait exprès. C'est drôle comme les choses peuvent déménager dans le crâne, très vite. Elle a détesté sa beauté, elle déteste sa laideur, c'était juste un jouet d'enfant.

Sur la table du salon, Zoé a trouvé un mot de son père. *On t'a gardé un morceau de chaque pizza sur une assiette au micro-ondes. Bon app.*

Elle a mangé par terre dans sa chambre et s'est sentie là comme un rat de grenier, ce qui lui convenait. C'était le grenier du bout du monde, elle était loin, elle avait deux chambres, dont une loin.

Rien ne s'est passé ce week-end, sauf une promenade avec son père dans les rues du centre, puis un repas de fast-food qui vous colle de la graisse de friture sous la peau et dans l'estomac. Sur une avenue, elle a remarqué une boutique où on vend des habits de sorcière, des foulards à tête de mort et des bottines de soldat. « Goth It », ça s'appelle. Elle s'est promis d'y entrer bientôt.

Quand elle a croisé Sven le lundi matin, il lui a demandé quand elle venait en ville, et elle a répondu joyeusement :

– Tous les vendredis !

– Cool. On sort samedi.

– Samedi aussi, je viens.

– Le week-end, quoi. Tu me fileras ton adresse et je passerai te prendre, si tu veux.

– Ben oui, je veux bien.

Elle en a oublié le club, mais Alizé continue de tourner le dos à Zoé chaque fois qu'elle essaie d'évoquer Sven. Elle se contente donc d'écrire son prénom, et de l'attendre, d'autant que l'ennui s'invite partout. Les classes donnent des heures aussi indigestes que les hamburgers-frites-mayonnaise, vu que les classes sont les fast-foods du cerveau. Chapitre vite emballé, mâchouillé, dont on ne se souvient le lendemain qu'au hasard d'un petit mal de tête.

À la maison, c'est pire. Elle doit supporter la déprime de sa mère qui joue à la petite fille, et veut que Zoé la pouponne. Et si on ne l'aide pas, elle va mourir. Marine est pourtant plus calme, on dirait qu'elle déprime aussi, et elle veut son papa.

Zoé n'a pas dit un mot de Gina, elle garde ce scoop pour le jour où elle voudra se venger de quelque chose. Non, ce qui l'occupe, c'est de rêver que peut-être on l'aime en secret. Elle se croyait maudite, alors que son étoile a plus de rayons de soleil que de poils urticants, si ça se trouve. En tout cas, elle peut en nourrir l'espoir.

Ils ont pris le même bus, à dix heures, et Sven lui a demandé :

– Tu habites près de la cathédrale ?

– Oui. Toi aussi ?

– Non, je vais au « Goth It ».

– Ah, je connais.

– On dirait pas, franchement. Bon, on y va ensemble, alors ?

Le temps de bégayer qu'elle était d'accord, et le bus déversait le quart de son contenu dans le centre.

L'intérieur de la boutique avait des allures de foire macabre, et ça devait être la mort elle-même qui hurlait dans les enceintes.

Sven connaissait le vendeur, un type très grand, avec une barbe en pointe et un T-shirt noir où ricanait un gros ange avec des griffes. Ils ont observé Zoé de loin, parlé d'elle en trois mots, avant de l'inviter à les rejoindre.

Il a fallu qu'elle essaie une jupe noire, des mitaines rouges, et un foulard. Elle a dit :

– Je veux bien celui avec des têtes de mort.

Mais elle a refusé les mitaines. La jupe, d'accord, puisqu'il y a de la dentelle.

Et qu'elle n'ait pas assez d'argent, ce n'était pas un problème. Sven lui prêtait par amitié.

« Par amitié », ça l'a presque déçue, mais si elle refusait, elle perdait tout, alors qu'elle s'apprêtait à lui plaire, vêtue de noir et de rouge.

Simplement, elle a demandé si elle pouvait encore se regarder dans le grand miroir de la cabine.

– Oui, regarde-toi, vas-y. Imagine-toi coiffée, au moins, avec les cheveux lavés, parce que là, ça craint.

– J'allais les laver ce soir de toute façon.

Elle s'est regardée, bras ballants, vue d'ensemble, pas belle, envie de s'enfuir, de regarder la télé, ou d'être la meilleure en maths, ou faire de l'apnée, oh oui, faire de la plongée sous-marine, et nager dans les poissons, elle serait moins triste avec les poissons.

– Alors ?

– Pour le foulard, je ne sais pas.

– Non, ça le fait, arrête, avec la jupe, c'est bien.

Le vendeur a confirmé, ça restait soft, c'était honnête, ils n'allaient pas faire d'elle une « gothopoof ».

Ce qu'elle aimait bien, c'était le sac à dos sur le présentoir : un sac très doux en forme de tête de mort toute mimi. Il a vu qu'elle louchait de ce côté, parce qu'il est intelligent. Et là, au lieu de se moquer d'elle, il a pris le sac par les brides et le lui a présenté comme on présente leur manteau aux dames, puis ils ont approuvé, le vendeur et lui, c'était bien cool. Elle pouvait le prendre, il le lui offrait si elle gardait les mitaines.

Elle a tout emporté dans un immense sachet blanc, et Sven l'a laissée là sur le trottoir après avoir noté l'adresse de son père.

– On passe chez toi demain vers huit heures.

– Merci.

– Tu me rembourseras la semaine prochaine. Sauf le sac, hein, c'est cadeau.

Quand elle est rentrée chez son père, l'appartement était vide, avec un mot sur la table pour expliquer qu'il y avait des restes au frigo, et qu'elle savait se servir du four.

Zoé s'est empressée d'étendre sur le lit ses habits neufs. Rien à voir avec les robes de princesse roses et bleues qu'elle portait pour le carnaval à sept ans, mais ces vêtements la fascinaient, comme s'ils étaient envoûtés, tombés d'un ciel d'orage, ou d'un temps ancien.

Lentement, elle s'est habillée de tout ensemble et s'est promenée dans le salon, regrettant qu'il n'y ait pas au mur un miroir en pied. Elle doit ressembler au contraire du clown, le grand clown blanc qui sourit avec une larme. Elle doit se ressembler de plus en plus, elle qui ne sourit pas, et pleure à peine. C'est bien ?

Elle s'est figée au milieu de tout puis, se libérant des mitaines, elle s'est précipitée dans la petite salle de bains pour laver ses cheveux, jusqu'au cuir, deux fois, et les mélanger sur sa tête pour qu'ils fassent un désordre, mais ça lui faisait une tête de nid.

Sans oiseaux.

Il n'y a pas d'oiseaux, même à l'intérieur de sa tête. Dans sa tête, il y a une ruche cassée où ses pensées bourdonnent dans le vide. Ce ne sont même pas des pensées. Un bal de mouches comme autant d'idées noires. Au moins, maintenant, elle est assortie à l'intérieur de sa tête. C'est un cadeau de Sven. Et demain, pour la première fois, elle sort.

Ça fout la trouille, voilà, c'est pour ça qu'elle a envie de pleurer. Sortir, ça lui fait peur, parce qu'elle aime ce qui est calme, et les boîtes de nuit ça sert à secouer les gens, à être fou, le contraire d'elle, qui sera comme un clown dans la cage des fauves.

Au fond, être moche et se dire qu'on ne sera jamais aimée de personne, c'est pratique. On peut râler sur tout, sur les garçons, sur les beautés, les parents, et le sort qui s'acharne, et répéter que tout le monde est contre nous, qu'on n'y peut rien, et à quoi bon lutter ?

Là, peut-être qu'elle est amoureuse, oui, ça y ressemble. Elle a regardé son pantalon vide couché sur le lit. Le problème, ce sera de payer ce qu'elle doit, sauf si Sven est amoureux aussi, alors c'est sûr, il ne réclamera rien.

Dans le doute, elle a quand même fouillé les tiroirs de la commode et les tables de nuit, trouvé en tout une vingtaine d'euros. C'est un début, de quoi faire savoir à Sven qu'elle ne compte pas l'arnaquer.

Son père l'a regardée de la tête aux pieds, puis des pieds à la tête, trois fois, avant de conclure gravement :

– C'est pas complet.

Il manquait du noir aux yeux, d'après lui, et des bottines.

– Oui, mais je n'ai pas d'argent. C'est Sven qui a payé.

– C'est qui Sven ?

– Mon copain.

– Et pourquoi il a pas payé les bottines ?

– Il avait pas l'argent.

– J'ai pas non plus. Mais il y a du cirage noir. Mets du cirage noir.

– Pas sur les yeux !

– Sur les bottines, patate ! Pour les yeux, tu demanderas à Gina, elle devrait arriver, là. Ça s'appelle comment, encore, le cirage des yeux ?

– Du noir, je ne sais pas.

– C'est le moment d'apprendre.

Gina est arrivée au même instant, et il a fallu qu'elle se mette à l'ouvrage, parce que l'heure tournait. Pendant qu'elle s'occupait des yeux, le père se chargeait des bottines, en expliquant que c'était un hasard, ce pot de cirage.

– J'ai acheté des trucs pour emménager, tu vois, le nécessaire, du produit de vaisselle, de l'huile, du gel, un balai, et j'ai pris aussi du cirage sans le faire exprès.

À leur façon d'observer le tableau, elle a bien senti que quelque chose manquait encore. Ils ont réfléchi en silence, tous les trois, et c'est lui qui a trouvé :

– Du fer ! Il faudrait un truc en fer, non ? Genre une croix au bout d'une chaîne.

Gina, sans conviction, a répondu que oui, peut-être, mais ils n'avaient rien en fer dans l'appartement.

La sonnette les a bousculés, et Zoé s'est ruée vers la porte, mais son père voulait que Sven monte, ce qui a eu le don d'agacer Gina.

– Tu ne vas pas les embarrasser, non ? En plus, le parlophone, il fonctionne pas, elle ne va pas descendre et remonter et redescendre !

Comme Zoé tentait de s'en aller, son père a ouvert les tiroirs de la commode, où il était persuadé d'avoir laissé un petit billet pour elle.

– Merde, je t'assure, j'avais rangé des euros là pour toi.

– C'est pas l'heure de faire semblant d'être généreux, a couiné Gina.

– Oh, ferme-la, si ça se trouve c'est toi qui les as piqués.

– Allez, ma grande, t'occupe pas de ton père, file, les garçons n'aiment pas attendre.

C'était le vendeur du « Goth It » qui conduisait, sérieux, les yeux sur les essuie-glaces, parce que ça tombait de là-haut comme des seaux de gravier. À sa droite, un petit gars crépu portait une veste où ballait de la ferraille, chaînes, épingles et lames en éclats. Une croix en pierre, aussi, au milieu de la poitrine. Zoé a regardé tout cela s'entrechoquer pendant qu'il se penchait vers elle, et se tordait entre les sièges. Il avait une tête à s'étrangler de rire, et voulait parler longtemps. Mais Sven, protecteur, l'a remis en place d'une claque sur l'épaule, et d'un « Ferme ta gueule, Bob », chuchoté mais provisoirement convaincant.

– Je souhaite la bienvenue à la demoiselle, y a rien de mal. On va partager la même soirée au « Sac », non ?

– Je t'ai demandé de la fermer.

– J'ai rien dit de mortel, me prends pas la tête !

Il s'est tu quand même, en se donnant l'air d'avoir eu le dernier mot, et ils ont roulé plusieurs minutes sous l'averse, dans le silence une seule fois tranché par le chauffeur.

– Moi, c'est Martin. Je suis DJ au Sac, parfois, mais pas aujourd'hui.

Il avait une belle voix profonde. Zoé a oublié de se présenter à son tour.

Le « Sac » ne doit pas être une boîte ordinaire. On y passe une musique de bruit où le chanteur a quelque chose à crier, on ne comprend pas quoi, mais ça doit être très important.

Quand on ne connaît pas les paroles, on peut se dire qu'il passe là-dedans plus ou moins ce que l'on crierait soi-même sur tous les toits. Des chansons enragées écrasant presque toute mélodie. Ce qui compte, c'est de tenir la note dans la gorge, haute et sur le point de se fendre. Pour être entendu, on n'a pas d'autre choix que de parler de la même façon.

Ils ont rejoint un coin de salle où quelques tables perchées sont vissées à la brique noire des murs. Là, les copains ont échangé avec d'autres une série de gestes rituels, puis ils ont fait la bise à Zoé qui a cru perdre sa voix en criant bonsoir six fois au moins, avant de rester là, appuyée au mur, incapable de se trouver une allure détendue.

Ce qui lui a fait mal, c'est de laisser son sac et son manteau au gorille de l'entrée. Ça lui aurait plu de serrer contre son ventre la tête de mort du sac en peluche.

Ce n'est pas qu'elle se sent triste, pour une fois, et l'ambiance ne lui déplaît pas non plus. Les ondes de choc de la musique se mettent en elle comme un cœur électrique, sa poitrine enfle et vibre.

Ici, un comateux pourrait tenir debout, et donner l'impression de danser une farandole tout seul.

Des verres ont claqué sur la table, il y en avait un pour elle, et tant pis si ce n'était pas très bon, il fallait « faire honneur ». Personne ne lui a expliqué à quoi il fallait faire honneur, mais ils étaient tous d'accord sur le principe. Elle a donc bu, et elle a cru supporter l'alcool le temps d'achever le verre. En le reposant vide sur la table, il a fallu qu'elle vise bien. Des vapeurs bizarres ont humidifié son cerveau, puis ramolli ses jambes. La musique, bien que plus calme, lui a fait mal au ventre, et les lumières déchiquetées, jetées en désordre, ont secoué ses neurones et perturbé son regard.

Elle a pleuré un peu, ce qui ne se fait pas.

Ses larmes et sa lèvre tombante ont rameuté Bob, Sven et deux types qui l'ont emportée de l'autre côté des tables, où elle a passé un chouette moment, parce qu'ils se sont mis à plusieurs en rond autour d'elle pour qu'elle danse. Ils la regardaient bouger, l'encourageaient, roulant des yeux de dingues.

Elle a tenu quelques minutes, mais Sven lui a resservi un verre, qu'elle a bu en bougeant encore.

La nausée l'a recollée au mur froid, ce qui a fâché les copains. Quand même, Sven n'est pas devenu méchant, il a hurlé qu'elle n'assurait pas, et qu'il était temps qu'elle grandisse. Alors il l'a resservie en fêtant ce baptême de l'absinthe. Du temps est passé là-dessus, elle ignore combien.

Elle est allée aux toilettes deux fois, et son verre était plein quand elle revenait.

Avant de se sentir tout à fait ivre, elle a attrapé Sven par la manche pour crier « Merci ! » dans son oreille, car tout cela devait commencer à coûter beaucoup d'argent. Elle a dit :

– À propos, voilà déjà vingt euros pour les fringues.

Il les a empochés, puis, l'entourant d'un bras, il lui a affirmé qu'elle bougeait bien, et qu'en plus, on pouvait lui faire confiance. Il a ajouté :

– Dommage que tu aies cette tête-là ! On va fumer à l'étage, viens avec nous.

– Non.

– Quoi, tu fais la gueule ? Oh, faudrait penser à te détendre !

Là, il a posé ses lèvres sur les siennes, une seconde, il a souri en la regardant, une seconde aussi, ou un peu plus. Il a dit :

– Bouge !

– Non.

– Bouge ton cul, merde ! Allez, bouge tout ça et j'efface l'ardoise. T'oublies pas que tu me dois encore du fric ? Alors tu fais ce que je te demande et moi j'oublie.

Si elle était seule, oui, elle danserait jusqu'à tomber de fatigue. Elle a cherché Martin des yeux, mais il devait danser ailleurs.

– T'aimes bien danser, non ?

– Mais pas comme ça.

Sven a empoigné ses cheveux, approché sa bouche de la sienne et crié d'une sale voix :

– Écoute, y a jamais aucun mec qui posera le quart d'un œil sur toi. Personne te donnera la chance de passer trois minutes avec lui hors de ton bled. Moi je t'invite, et j'ai pas envie de traîner un boulet, tu comprends ? Alors on va s'éclater, OK ? Faut lâcher le bord du toit, maintenant, ma grande, OK ? Tu vas sourire un peu, et bouger par respect pour moi.

– Lâche-la.

Sous le halo blanc du stroboscope, Angélique, surgie de nulle part, montrait un petit air de serial killeuse que Sven trouvait très amusant.

– À quoi tu joues, la pimbêche ?

Là, c'est Zoé qui a montré de grands yeux fauves. Angélique a respiré profondément et, trois secondes plus tard, Sven recevait en bas de la joue droite une tartine de main à vous dégrafer les gencives. Il a chancelé comme une marionnette aux fils coupés, avant de montrer qu'il était très dangereux, et que les deux sœurs venaient de signer leur pendaison. Mais il restait là, bredouille, plein de nœuds, de sueur, de regards fous, au milieu de ses copains.

Un ami d'Angélique est arrivé alors, spectaculaire, avec des épaules et des lunettes rondes, un ventre d'ogre, des mains à broyer un chat sans le faire exprès.

– Ça va, a lancé Angélique. Laisse.

Elle a attrapé le bras de Zoé, et ils se sont éloignés tous les trois. Le gorille a échangé le ticket contre le sac et la veste, en étudiant le visage de Zoé.

– T'es trop jeune pour venir là.

– Oui.

L'air de la nuit s'est engouffré en elle. Sa sœur l'a guidée vers un banc proche, après avoir demandé à son ami de patienter à l'écart et de surveiller la porte du Sac.

Elles ont eu froid, mais le calme les rassurait. Angélique a voulu commencer un discours, mais elle a balayé ses mots d'un grand geste. Zoé l'a observée en silence et ne l'a pas trouvée si jolie, d'autant qu'elle avait grossi un peu, elle aussi, mais ce n'était pas grave du tout.

– T'es partie pour quoi ?

Angélique hausse toujours les épaules deux fois pendant plusieurs secondes pour que Zoé sache qu'elle la trouve bête, très bête.

– Le costaud, a insisté Zoé, c'est ton copain ?

– Oui.

T'es partie pour lui ?

– Je suis partie, c'est tout. Bon, on te ramène ?

– Où ?

– Chez papa.

– Oui.

Elle n'avait pas envie de rentrer tout près de là. Plutôt envie de partir pour un voyage de trois mille kilomètres, plutôt en Floride ou en

Afrique, sinon ça ne sert à rien. Mais après deux virages, Zoé demandait à sa sœur d'ouvrir toutes les fenêtres et de rouler sans à-coups.

Elle a vomi lourdement dans l'évier, puis elle s'est couchée pour dormir, mais comment dormir ? Dans sa tête, les guitares basses et les caisses continuaient de marteler, sans bruit, juste des coups et un bourdonnement. Le son, c'est de la matière, ça reste là, dans le crâne, il faut le temps que ça fonde.

Dans ses veines coulait un poison invisible tombé des mains de Sven, de ses yeux et de sa voix.

Elle avait ressenti de l'amour, un petit début d'amour, elle a une tombe dans le cœur et comprend d'un coup toutes les dames des livres d'images qui prétendent se mourir d'amour. Se mourir, c'est pire que mourir, c'est mourir très très seul. Heureusement que la mort est sa première phobie.

– Maman.

Elle s'est réveillée sur le ventre, en bas du lit, la poupée estropiée en main.

Il faisait encore nuit.

– Oh, Zoé ! criait son père.

La lumière de sa chambre lui a fait mal.

– Tu fais quoi sur la moquette ? T'avais laissé la clé sur la porte, bordel, heureusement que je suis rentré après toi.

– J'ai froid.

Il a réussi à la soulever, alors qu'il chancelait, et l'a enroulée dans l'édredon sans délicatesse.

– Ça va mieux ? Comment ça s'est passé avec tes copains ?

Ils ont essayé de se regarder dans les yeux, mais il avait sommeil, alors il s'est couché sur la moquette en laissant dépasser la main et le poignet à côté de l'oreiller.

– Je suis laide ? a demandé Zoé.

À moitié endormi, son père n'a pas compris que c'était une question.

– Ce n'est pas grave, il a dit. Il faut dormir.

– Pourquoi tu restes là ? Tu vas pas dormir sur le tapis !

– Je vais dormir près de ma petite fille.

– Tu veux une place sur le lit ?

– Non, le tapis c'est bien. Dors, je suis fatigué.

Quand elle s'est levée vers midi, elle avait l'impression d'avoir changé de consistance, du plomb liquide à la place du cerveau, de la confiture à la place des muscles, et une outre de pâte alcoolisée au lieu de l'estomac.

Sur la table, il y avait des croissants, du café, du jus de fruits, et de l'autre côté de la table, il y avait son père hirsute, les yeux comme des coquillages entrouverts. Et il mangeait ! Il couvrait le pain de beurre et de confiture, le trempait dans la tasse, et mangeait avec plaisir.

– Ah, ma petite Zoé, viens, mange. Il y a du lait, aussi.

Le mot « lait » a fouetté son estomac.

– Non, ça va, rien.

– T'es barbouillée, t'as bu quoi ?

Elle a haussé les épaules et s'est assise en face de lui, les mains jointes sur les genoux.

– Essaie de boire un peu de café.

– J'aime pas.

– C'est bon, du café, le lendemain de la veille.

– Oui mais j'aime pas.

– Tu sais, ce qui s'est passé avec ta mère…

– J'ai pas envie de savoir.

– OK.

Il lui a servi une demi-tasse de café, et s'est mis à gesticuler, avec des bruits de bouche.

– Allez bois, je te dis que c'est bon.

Elle a goûté, du bout des lèvres, et il l'encourageait d'un grognement doux après chaque gorgée.

– Je mets les croissants au congel, au cas où tu en voudrais demain. Tu devrais prendre une douche. Si tu voyais ta tête !

Elle a rejoint la salle de bains vaille que vaille. Ce qu'elle aimerait, c'est qu'on ne lui parle plus de sa tête, qui est à peine plus pâle que d'habitude, mais avec de larges coulées noires sur les joues.

Le nez contre le miroir, elle a dit sans y penser :

– Un jour, ça va faire mal.

Elle est restée là à loucher, le nez sur la glace, en essayant de réfléchir à la nuit passée, à Sven.

Il faudra dire à Alizé que le club des mouches ne comptera jamais que des célibataires, mais que les mouches peuvent avoir leur bourdon. Il faudra leur dire que les bourdons sont plus gentils avec les tailles de guêpe, et que les grosses mouches finissent toujours par pleurer le front sur leur miroir avec les yeux ravagés et noircis.

Sous la douche, elle s'est prise dans ses bras, tête levée pour qu'il pleuve très chaud sur ses yeux.

Sa mère a mué d'un coup à cause de la crispation. Ses nerfs et ses cordes vocales se sont tendus comme des cordes à linge. Son regard aussi.

– C'est quoi, ça ?

Elle s'est attrapé les cheveux, et Zoé s'est laissé inspecter de la tête aux orteils, sans riposte et sans grimaces.

– Tu crois que tu vas t'habiller comme ça chez moi ? Nom de Dieu, tu passes un week-end chez ton père et tu me reviens déguisée en zombie.

– Papa n'a rien à voir…

– Ne m'interromps pas !

Mais elle n'a rien pu ajouter, si ce n'est quelques balancements de bras et des soupirs sonores.

Elle s'est contentée de répéter pour elle-même, entre les dents :

– Ma fille est un zombie.

Là-dessus, Zoé a levé les mains comme deux petites griffes, et, les yeux béants, elle a fait « bouh ! » avant de s'évader à l'étage, indifférente à la crise électrique de sa pauvre mère, qui ne méritait pas ça et continuait de crier en bas pendant que Zoé allumait l'ordinateur dans la chambre désertée d'Angélique.

– Non mais elle se prend pour qui ? Je suis ta mère, Zo, tu m'entends ?

Ayant gravi furieusement les marches, elle s'est campée devant la chambre de Zoé.

– Ouvre !

– C'est ouvert, a répondu Zoé dans la pièce voisine.

– Je t'ai dit de te changer. Non mais regarde-toi, une vraie traînée ! Tu veux à tout prix qu'on te remarque ? De toute façon, c'est peine perdue, surtout si tu ajoutes le ridicule.

– Tu veux dire quoi, là ?

– Change-toi, t'as cinq minutes.

– Méchante ! a hurlé Zoé, les yeux en larmes et la voix perdue. Je vais me barrer d'ici comme Angélique et je reviendrai plus jamais ! Papa, il a bien fait de se barrer avec une autre !

Et pendant que Marine se mettait à hurler aussi, la mère répondait qu'elle s'en fichait bien, que tout le monde pouvait partir, elle aurait enfin la paix.

– Va où tu veux ! J'ai besoin d'air. Une autre ! C'est ça ! Comme si une autre femme allait supporter un sale type de son espèce ! Je la connais ? Réponds !

Zoé a claqué les portes et elle est partie haletante vers les prairies, laissant la haine et la tristesse se répandre en elle pour éclater en sanglots violents qui prenaient toute sa force. Elle sait qu'elle n'ira pas loin, mais tant pis, elle habitera chez son père, s'il veut bien. Parce qu'elle ne supporte plus que sa mère la déteste.

Ce que Zoé voulait, à présent, c'était casser quelque chose, une tête, un mur, une tête sur un mur. Crever les yeux de tous ceux qui oseraient la regarder en souriant.

Elle est donc partie vers les ruches dans l'espoir de rencontrer l'apiculteur, qui aime bien la regarder en souriant. Il binait mollement son potager, comme un sept-nains, heureux d'être idiot mais vivant.

Apercevant Zoé, il a souri, le pauvre.

– Quoi ? Pourquoi vous me regardez ?

Il croyait prendre soin de ses navets à l'abri des humains, mais c'était sans compter sur la colère de Zoé, qui se ruait vers lui les mains en avant avec un cri de guerre.

– Oh, la demoiselle ! Ça suffit !

Non, rien ne pouvait suffire. Il a dû le comprendre, et ne s'est pas laissé faire plus de quatre secondes. De ses gros poings couverts de cloques et de crin, il a étouffé les poings de Zoé, à qui ne restait que la voix.

– Je suis moche ! Moche ! Moche !

On n'efface pas les cris de détresse avec d'autres cris, il devait le savoir, mais il essayait quand même :

– Oh là, calmez-vous !

Elle ne se calmait pas, s'épuisait juste un peu, alors il l'a soulevée de terre, et il a reçu un coup de pied, mais il n'a pas jeté le moindre mot de rage, aucun signe de guerre. Simplement, au second coup de pied, il l'a rejetée au sol, où elle s'est mise en boule, aussitôt il s'est excusé, se penchant à l'écart pour voir quelle grimace elle affichait.

– Désolé, mais vous me faites mal.

– Je m'en fous.

– Venez avec moi, on va rentrer chez votre maman.

– Jamais !

– Alors quoi ? Il faut toujours bien qu'on rentre quelque part, n'est-ce pas ? Voulez-vous une galette ?

Puisqu'elle se taisait, il a répondu pour elle. Oui, elle en voulait une, qui refuserait ?

Elle a accepté de se relever et de le suivre, mais c'était plutôt une démission, comme si ses pas n'avaient plus de sens, plus de raison, qu'on l'emporte ici ou ailleurs, elle n'irait nulle part de son gré.

Mme Simon s'est écrasé les joues à deux mains, avant de féliciter son bonhomme.

– Tu as bien fait de nous l'amener. Qu'est-ce qui ne va pas ? Tu reviens d'un bal ?

– Je suis laide.

– Pardon ?

– Même ma mère le dit, alors !

– Ta maman n'a pas dû penser cela, on ne peut pas, elle s'est mal exprimée, voilà tout. Qu'est-ce qu'elle a dit exactement ?

– Que j'étais trop laide pour que des garçons me remarquent.

– Oh, elle ne le pense pas.

– Si.

– Et qu'est-ce que c'est, donc, qu'être laid ? a demandé le vieux. À part être vieux. Tu sais, toi ?

Elle a haussé les épaules.

– Et qu'est-ce qui est beau ? La nature !

– Oui, a répété l'épouse. Qu'est-ce qui est beau, hein ? La nature.

Lui s'est redressé dans un mouvement lourd, avec l'air d'un chevalier, les yeux grands pour tout voir. Téméraire, il a soulevé un bras.

– Je vais te montrer, moi, ce qu'il y a de plus beau au monde. Attends là.

Il est parti s'affubler d'un petit sac à dos, et il a insisté pour que Zoé le suive.

– Viens, on va dans la forêt.

– Tu vas lui faire peur, à la pauvre chérie.

– Mais non. Zoé n'a pas peur.

Ils ont marché entre les arbres, pas très longtemps, juste ce qu'il fallait pour qu'elle se sente perdue, dans une clairière où des fleurs très grandes poussaient entre les papillons. Là, ils ont ralenti, marché vers un arbre large comme une armoire.

– Ferme les yeux, oui ?

D'accord, elle s'attendait au pire, mais d'accord, elle a fermé les yeux, en se disant qu'il allait peut-être aussi l'abandonner. C'est possible qu'il n'y ait rien de plus beau au monde, pour ce genre de bonhomme, que d'être seul au fond d'un bois.

– Voilà, à trois tu ouvres.

Il a compté tout bas.

– Ouvre.

Et quand elle a éloigné les mains de son visage, elle a vu son reflet dans un miroir qu'il venait d'accrocher à hauteur de tête.

Un miroir. Ce n'est pas beau, un miroir avec un gros nez. Elle est restée là quelques secondes à observer quand même, en songeant que, sans doute, il y avait une suite.

– C'est quoi, ce délire ?

– C'est toi. C'est toi, Zoé. La plus belle du monde.

Zoé s'est assise au pied de l'arbre, épuisée, serrant entre ses doigts la tête de mort en peluche de son sac.

C'était gentil d'être gentil avec elle, même si c'était du mensonge, seulement, ce qu'elle voulait par-dessus tout, c'était que le monde entier arrête de donner de l'importance à sa tête.

– Il faut arrêter maintenant !

Elle a jeté un regard distant au miroir qui donnait une profondeur à la clairière.

Elle se voyait encore comme une bête mouche sans armes, ni éperon ni taille de guêpe. Pourtant, quelque chose en elle s'apaisait. Elle a même voulu s'excuser pour les coups de pied, mais les mots lui restaient dans la gorge. Semblant lire ses songes, il a dit :

– Ce n'est pas grave, hein, je te pardonne pour tout à l'heure. Tu me fais penser à l'abeille qui pique quand on l'agresse, mais qui parfois se trompe de peau. D'autres fois, elle vise juste. Comme l'abeille piquant le matador.

Sans craindre le ridicule, il a pris une pose de corrida, les mains en pointes.

– Le matador voulait piquer le taureau quand une abeille s'est posée sur son bras, ce qui lui a fait peur, au matador. Ça fait qu'il a essayé d'écraser l'abeille, l'abeille l'a piqué, et le taureau en a profité pour donner une dernière ruade et envoyer le matador cul par-dessus tête. C'est mon père qui me racontait cette histoire. Il me l'a racontée une dizaine de fois, et chaque fois, il disait : « Prends-en de la graine. » Mais je n'ai jamais su s'il voulait que je m'inspire de l'abeille ou du taureau.

Zoé a fait semblant de soupirer d'ennui et s'est levée en disant :

– Je rentre. De toute façon, ce n'est pas pour moi que vous faites tout ça, c'est juste parce que je suis aussi moche que Louise. Vous n'êtes qu'un pauvre malade.

– Oui.

Il a dû crier, parce qu'elle s'éloignait déjà.

– Oui, si tu veux, un vieux malade…

Elle est rentrée, jambes vides, et il lui semblait moins marcher que tomber d'un pied sur l'autre.

Retrouvant sa chambre, elle s'est sentie contente d'avoir un mur noir en face d'elle, mais elle n'allait pas mal. Il fallait qu'elle dorme une heure, parce qu'il existe des fatigues telles qu'on ne ressent même plus la colère. Et sa colère, elle en a besoin, elle ne sait pas pourquoi, mais il faut que ça revienne.

Deux pauvres malades ! Demain, dès qu'elle sera reposée, elle se déguisera en fantôme de la petite morte, et elle ira hanter le domaine des ruches, avec des trucages et des bruits effrayants, à leur tuer le cœur une fois pour toutes.

Alizé l'a prise au mot.

– Oui, on va y aller en fantômes, ce sera trop fort. T'as des draps blancs ?

– Laisse tomber. J'ai changé d'avis.

– Non, on se met dans un drap blanc et on y va !

– C'est nul. De toute façon, les fantômes en drap blanc, c'est pour les dessins animés.

– Oui, on va juste pousser des cris, ou on y va comme ça parce qu'on ne fait jamais rien. Pour une fois que je viens chez toi.

Zoé a chaussé les bottines noires, OK, elle verra si elle peut crier encore. Ce qu'elle sait, c'est qu'elle ne peut pas se permettre de décevoir une copine du club.

En chemin, elle a dit :

– Tu crois qu'on est amies parce qu'on est moches toutes les deux ?

– Non.

– Mais tu crois que ça pourrait être une bonne raison d'être amies ?

Alizé n'a pas répondu. Elle a dû penser que c'était une affreuse question.

Alors qu'elles dépassaient les ruches, elle a répété dans les aigus :

– C'est vrai, on ne fait pas grand-chose, je trouve. Il est mort, le club, si on ne fait rien.

Ah, je t'ai pas dit, je crois que j'ai une nouvelle recrue.

– Moi aussi.

– Tu vois, en Lettonie, il y a huit cents belles blondes qui ont défilé ensemble dans les rues de la capitale.

– Pourquoi ?

– Parce que c'est la crise, alors elles voulaient remonter le moral des hommes.

– Oui, je veux bien, mais ça doit casser le moral des Lettonnes, surtout les laides grosses.

– C'est sûr.

– Pourquoi tu me parles de ça ?

– On pourrait organiser un défilé de huit cents moches.

– Oui, pour le moral des filles.

La laide grosse Mme Simon taillait des arbustes et suait lourdement, soufflant comme un gnou.

Quand elle s'est redressée dans sa robe à laides grosses fleurs pleine de taches, Zoé a eu pitié d'elle. L'âge blesse les femmes plus que les hommes, l'âge fait des taches de vin et taille des ornières, griffe le visage et les mains, chiffonne tout, les joues, les paupières, arrache les cheveux, qui sont en gris et blanc. Et pourtant, elle gardait ce ruban, même au jardin, comme un morceau de ciel sur la tête.

Ainsi abîmés par la nature et l'âge, les Simon

continuent de sourire et de manger des légumes qui rendent légumes, des légumes contagieux. Pas un regard sévère, pas une allusion au dialogue scabreux de la dernière visite.

– Ah, tu nous amènes une petite copine.

– Oui.

Zoé a glissé à l'oreille de la petite copine :

– Tu vas voir qu'elle va nous pousser des galettes au fond de la gorge.

– Elle a pas l'air méchante.

Elles ont dû entrer, admirer la tarte énorme, au sucre, aux parfums de bonne maison, soleil caramélisé. Mme Simon la toisait d'un œil rempli d'eau pétillante, et la bouche entrouverte semblait dire : « J'ai inventé le soleil. Oui, c'est moi qui l'ai inventé. »

– Je vais vous servir. Vous passiez nous dire bonjour ?

– Non, a répondu Zoé.

– Mon chou, la demoiselle est passée nous dire bonjour avec une petite copine.

– Non, je voulais vous inviter à une réunion.

– Une réunion ! C'est bien, ça, mais oui !

– Voilà, on a créé un club de moches, et on voulait vous proposer de vous inscrire. Seulement, il y a deux épreuves.

Son chou est entré à ce moment-là, il a regardé sa femme s'asseoir en silence devant le soleil, écraser son front des paumes, puis relever le menton, les yeux très haut, vers l'angle de la fenêtre, sourire enfin, et rejoindre le regard froid de Zoé.

– Parfait, bon, je viendrai. Tu peux m'envoyer une invitation.

Alizé a emmené son amie de force, après avoir adressé quelques courbettes aux apiculteurs, et des excuses bien plates.

– Qu'est-ce qui t'a pris ? T'es malade. Elle a l'air d'être gentille, la vieille, pourquoi tu… ? Merde, j'en reviens pas, je croyais que tu étais normale, mais tu es malade !

Zoé n'a pas répliqué. Le visage de Mme Simon lui restait en mémoire, et c'était très étrange, ce qu'elle ressentait, au-delà d'un soupçon de honte. À l'instant où elle avait souri pour accepter l'invitation, la vieille Simon n'était pas laide, disons qu'elle l'était un peu moins. Elle relevait la tête avec une force, et quelque chose de très doux. Elle était bien des choses, fière aussi, et digne. On voyait tout cela tellement fort qu'on ne voyait plus la peau.

Zoé a poussé un matelas pour Alizé au pied de son lit, mis un fond de radio, un fond de lumière, et Zoé aurait bien serré son amie dans ses bras pour la remercier de ne pas lui tourner le dos. Sans doute, en amie subtile, comprenait-elle que Zoé devait souffrir plus qu'elle ne l'avouait, pour être capable de tant de méchanceté.

Zoé lui a expliqué que ces gens l'aimaient uniquement parce qu'elle ressemblait à leur fille morte, et que ça, c'était vraiment horrible. Mais Alizé a balancé son argument aux orties en disant :

– Moi, ces vieux, je les trouve chouettes parce qu'ils ressemblent à des grands-parents que je voudrais, et alors ? On aime toujours à cause de quelque chose. Et puis, comme tu disais, peut-être que nous-mêmes, on est amies seulement parce qu'on est laides.

– Non. Non, je ne crois pas.

– Ça n'empêche que si j'avais été belle, tu m'aurais ignorée.

– Oui. On n'est peut-être pas si laides que ça.

– Si laides que quoi, d'ailleurs ?

– Tu connais Philippe Petit ? Le funambule ?

– Tu connais un funambule ?

– Pas personnellement, mais je suis un peu amoureuse de lui.

Alizé s'est sentie un rien jalouse, parce que c'était plutôt cool d'être amoureuse d'un funambule.

– Ce type, a poursuivi Zoé, il est passé d'une tour du World Trade Center à l'autre sur un fil. À quatre cents mètres de haut ! Après ça, il s'est fait arrêter par la police parce que c'était un crime.

Se déclarer amoureuse d'un type inaccessible, c'est plus commode que de reconnaître un gros penchant pour un gars de l'école. Ce qu'elle ressentait pour Sven, c'était loin d'être des miettes, sinon elle serait indifférente ce soir, elle ne rêverait pas qu'il lui offre des fleurs, elle ne songerait pas à lui laisser une chance, elle n'aurait pas envie de le tuer.

– J'aime bien les fleurs, dit-elle.

– Oui, répond Alizé, moi aussi, mais seulement en liberté dans les champs.

– Oui. Je t'ai dit que j'avais quitté Sven ?

– Je ne savais même pas que vous étiez sortis ensemble.

– Oh, ça n'aura pas duré longtemps.

– Longtemps, c'est combien ?

– Des années, a soupiré Zoé.

– Ça doit être horrible de rester pendant des années avec un mec.

– Oui. Enfin, avec Sven, c'était quelques secondes, mais c'était déjà horrible. Et c'était déjà longtemps…

– Je vais te dire un truc : Sven, il est passé à côté d'une chance de connaître une fille très chouette.

– Ah bon ? Je la connais ?

– Dors.

Éveillées dès l'aube, elles ont parlé de leurs rêves, et se sont amusées d'apprendre que de nombreux animaux habitaient les rêves de chacune, des animaux qui se transformaient tout de suite. Le chaton devient un monstre. Inutile d'appeler le psy pour comprendre ces images-là.

À peine levées, elles ont survolé les pages de quelques sites où l'on voyait bien les yeux du funambule.

– C'est drôle, a dit Zoé, toujours hantée par le regard de la vieille Simon relevant la tête.

– Vous descendez, les filles ? J'ai préparé la table du petit déjeuner.

Là-dessus, Zoé s'est mise à gronder, les dents jointes.

– Elle se lève jamais avant midi, d'habitude. Il y a une invitée, alors elle prend ses grands airs de mère parfaite. Elle ne dit jamais petit déjeuner, elle dit p'tit déj, avec la voix qui traîne comme ses pantoufles.

– Ce qui compte, c'est ce qu'il y a sur la table, a répondu Alizé.

Ses parents sont venus la chercher à dix heures précises, et ils avaient l'air d'être très gentils sans le faire exprès.

La maison s'est refroidie aussitôt. Zoé voulait rejoindre sa chambre, mais il fallait d'abord qu'elle écoute sa mère attentivement.

– J'ai décidé que tu n'irais plus chez ton père.

– J'irai si je veux.

– Très bien, et tu seras encore punie en rentrant.

– Alors je ne rentrerai pas.

La mère a changé de grimace et baissé le front.

– Un jour, vous viendrez tous pleurer, mais ce sera trop tard.

Zoé est partie sourire et pleurer quelques secondes, en tailleur au bord de son lit, puis elle a appelé Alizé. Avant de prononcer un mot, elle a encore souri et pleuré, mais forcément, seule la petite musique du sanglot parvenait aux oreilles de son amie, qui s'inquiétait tout bas :

– Ça va ?

– Ça va, je m'excuse, merci. Je ne voulais pas te déranger.

– Le jour où tu me dérangeras, change de copine. Tu voulais me dire quelque chose ?

– Non. Si, je voulais te demander un truc : tu as déjà pensé à la chirurgie esthétique ?

– Pourquoi tu me parles de ça ? Tu veux te faire opérer ?

– Non, t'es malade ? Je saurais pas par quoi commencer.

Enfin, si, elle commencerait par son gros nez. Elle a dit :

– Tu sais qu'en Allemagne, plus de cent mille filles se font refaire une partie du corps ou de la tête ?

– Elles sont malades. Enfin, je dis ça, mais si j'avais des sous, peut-être… Non, j'aurais trop peur que ça rate. T'imagines ?

– On serait fichues, a soupiré Zoé.

– C'est pour ça que tu pleurais ?

– Non. C'est parce que Sven m'avais prise par les cheveux.

Elle a aimé le silence qui a suivi. Il y a des silences comme ça qui vous donnent bien chaud, avec l'impression de partager un goûter.

– Zoé ?

– Quoi ?

– Faut vraiment qu'on fasse gaffe, d'accord ?

– D'accord.

Son foulard lui fait peur. Il y a cent crânes de morts sur le tissu noir, un vrai charnier. C'est le style gothique, comme la cathédrale tout près du magasin. Zoé ne voit pas bien le rapport, sinon dans les histoires d'anges. Entre la gloire de Dieu et la gloire de Satan, il y en a qui choisissent. Zoé ne reconnaît la gloire de rien, elle a juste peur de ses vêtements. Au fond, si ça lui fait plaisir d'avoir peur d'elle-même, il y a peut-être des gens qui aimeront avoir peur d'elle.

Elle le saura bientôt, puisqu'elle a toute la panoplie dans un sac. La mouche en piercing qu'elle se fera agrafer bientôt, le rouge à lèvres noir, enfin, le noir à lèvres, de la teinture pour les cheveux, et une croix celtique en argent au bout d'une cordelette. Elle décidera d'un jour où se parer de l'ensemble, un jour de gloire à ce qu'elle choisira.

Son corps change aussi, c'est normal, à son âge. Il y a même des filles qui n'attendent pas d'avoir quatorze ans pour enfler de la poitrine. Mais s'il était uniquement question de poitrine, elle serait contente, seulement il y a les pieds qui grandissent, il y a la peau du cou, et les cuisses. Et les poils, presque transparents sur les avant-bras, mais couvrant le pubis d'une toison, et le désir qui pousse par-dessous, les odeurs moites, abondantes certains soirs. Et les règles ! Pourquoi règles ? Comme règle de trois, comme une loi, un ordre. La voilà calculée, dans l'ordre des femmes, à se protéger le ventre contre les taches abjectes.

Est-ce que toutes les filles se dégoûtent ? Au début, peut-être. Ce qui est affreux, c'est de ne rien pouvoir faire. La nature est toujours sauvage, elle travaille, petite usine avec ses ouvriers les hormones. Alors ! On grandit, on grossit, on vieillit.

Oui, d'abord, elle a voulu faire exprès de grossir, mais là, c'est la nature toute seule qui l'arrondit.

Ce dégoût, elle le ressent surtout depuis la virée au Sac. Ça veut dire qu'un garçon peut vous aider à vous dégoûter de vous-même, qu'un garçon peut être toxique. Pourtant, quand Sven a poussé ses lèvres sur les siennes, elle a eu envie de plus, envie qu'il la serre dans son manteau.

Elle n'ose pas imaginer ce qui se serait passé si c'était Walter qui l'avait embrassée. Charlotte, elle a eu cette chance, mais elle paye, parce que Walter a emballé une grande à petite jupe, et ils vont fièrement tous les deux, ils font semblant de se cacher derrière des fleurs ou un treillis.

Charlotte pleure, au lieu de bercer dans sa mémoire la chance qu'elle a eue.

Zoé ne se réjouit pas des larmes de son amie. Parfois, quand deux amies se séparent, une seule d'entre elles trahit. Zoé reste là, elle garde son amitié, on dirait que c'est dans sa nature. Sûrement, elle serait fidèle en amour aussi.

Comme elle aimerait, là, juste maintenant, quitter son bain tiède et se réfugier sous la poitrine d'une maman, et lui dire : « Man, je suis amoureuse, je dois faire quoi, moi qui grossis ? Je dois faire quoi de mon gros nez qui coule ? »

Elle a osé lui demander :

– Puisque tu me dis que je suis laide, j'aimerais bien que tu m'expliques ce que je dois faire si je veux un amoureux.

Sa maman a été très touchée.

– Ma fille demande un conseil, c'est merveilleux. Le réveil du zombie, on aura tout vu, il faut faire une croix dans le calendrier.

Voyant que Zoé tournait les talons, elle s'est adoucie.

– Je t'écoute, où tu vas ? Qu'est-ce que tu veux savoir ?

– Rien, j'aurai jamais personne de toute façon.

Zoé a reçu en réponse un chapelet de mensonges qu'elle devait accepter : beauté intérieure, patience, un jour ton prince viendra, contre les boutons achète une crème, même si les boutons, c'est surtout un drame pour les canons, qui sont défigurés. Quand on a le visage très moyen, on remarque à peine la différence.

Une main sur son téléphone, l'œil à la fenêtre, la mère a répété qu'elle n'avait pas grand-chose à dire, elle qui se retrouve seule après ce qu'elle a fait pour tout le monde.

Zoé a maudit l'injustice et le joli visage d'Angélique la douce, l'idéale.

Johan est entré alors, torse nu, suant, l'air vide. Il a ouvert la porte du frigo, râlé, bu, regardé la télé. Il devait avoir l'impression d'en faire, des choses !

Zoé s'est détournée avec la certitude qu'elle ne trouverait dans sa famille aucune réponse aux grandes énigmes de la vie amoureuse, et elle a rejoint Alizé en ligne, pour lui demander ce qu'il fallait savoir sur les mecs au début.

Alizé a répondu : Je réfléchis. Zoé a répliqué : Pas trop longtemps, sinon je ne comprendrai rien.

Après quelques minutes sans paroles, Alizé a expliqué. Les garçons, c'est une question de musculature. Le garçon, le vrai, est dominant. Parfois, il y a des filles qui disent : « Non, c'est moi. » Elles veulent savoir comment c'est d'être dominant. La théorie d'Alizé, c'est que la nature sauvage a muni les garçons de muscles pour qu'on sache qu'ils sont dominants. En d'autres mots, ils ne sont pas dominants parce qu'ils sont musclés, c'est l'inverse. La preuve, c'est qu'ils ne peuvent pas se servir de leurs muscles pour frapper les filles, c'est interdit par la loi, or ce sont les hommes qui font les lois, le plus souvent.

Alizé veut devenir scientifique. Ça va marcher, pour elle, c'est sûr.

Zoé lui a écrit qu'à son avis, ceux qui ont inventé cette loi, ce sont les hommes qui ont le moins de muscles, et ils étaient jaloux. À la télévision, les gens qui font la loi, ils sont souvent courts et maigres derrière leur cravate. Ils parlent vite avec une sale petite voix de fouine. « C'est la loi ! » Arrive un musclé tranquille, qui s'en fout, des mots. Il dit : « Fais pas chier. » Et il cogne l'ordure. Il ne cogne pas les femmes, il leur montre un biceps, un clin d'œil, une cicatrice, alors elles fondent, elles se mettent en boule sur un pectoral, où elles soupirent et pleurent un peu.

Ainsi la Terre tourne.

– Tu sais, a écrit Alizé, il n'est pas très costaud, Sven.

– C'est clair.

– Et puis, il est trop bête pour faire des lois, alors il fait la sienne, et il tire les filles par les cheveux.

Ça prend du temps, la science, les mystères grouillent dans une armoire de la tête. Ceux qui veulent faire le tri ne sont pas sortis de l'auberge.

– Alizé, qu'est-ce que je vais devenir?

– Dors, tête de blatte, sinon tu vas devenir encore plus laide à cause des cernes.

Son père lui a cuisiné des pâtes aux tomates écrasées. Il a dit : « C'est très bon. » Il a versé de l'ail en poudre et de l'huile, et il a dit :

– Sers-toi, moi j'ai pas faim.

– C'est fini avec Gina ?

– Non, pas vraiment fini. Et toi, ton copain ?

– Ça va.

– Tu ne me l'as même pas présenté.

Elle l'a observé un instant pour voir s'il pensait sérieusement que les filles d'aujourd'hui présentent leur mec à leur père. Et oui, il avait l'air sérieux.

Elle a mangé en confirmant que ce n'était pas mauvais, mais il n'écoutait pas, des problèmes d'homme tournaient dans sa tête.

– Tu sais, Zoé, l'amour c'est n'importe quoi, juste un truc qui finit mal. Le jour où tu n'y crois plus, tu peux commencer une relation avec quelqu'un sans avoir peur d'en crever.

– C'est normal que tu dises ça, vu que tu as quitté maman.

– Qu'est-ce qu'elle dit de moi ?

– Rien. Elle dit rien, elle arrête pas de râler en repassant du linge. L'autre fois, elle a repassé sa robe de mariée jusqu'à ce qu'elle soit brûlée de partout. Et elle pleurait.

– Putain ! Elle pleurait ? T'es sûre ?

– Oui.
– Et Marine ?
– Ça va.
– Elle pleure pas ?
– Elle gueule.
– Il faut savoir y faire, avec Marine.
– Et avec moi ?
– Toi ?

Il s'est remis à rire, s'est gratté le front avant de décapsuler une bière, qu'il a vidée d'urgence. Puis, secouant la tête en gémissant, il a dit :

– Toi, t'es comme moi, tu te réfugies dans ton monde, on ne sait jamais ce que tu penses.

Zoé l'a dévisagé trois secondes, avant de dire tout bas :

– Je le sais, moi, ce que tu penses.
– Ah oui ?
– T'es content que maman pleure.
– Je suis pas content.

Ce n'est pas vrai qu'elle se réfugie dans son monde. Son monde, ça n'existe pas, et on ne peut pas se réfugier dans un endroit qui n'existe pas. Ce qu'elle voudrait, c'est vivre une histoire à faire pleurer les murs tellement ce serait beau. Mais ces histoires-là n'existent que quand on les invente, et elle n'a pas le talent d'écrire des contes.

Écrire des contes, c'est mentir longtemps. Zoé n'aime pas mentir, ça lui fait peur. Elle pense qu'on peut perdre plus d'amis en mentant beaucoup qu'en disant toujours la vérité. Quand elle aura plusieurs amies, elle pourra vérifier.

– Je ne suis pas content qu'elle pleure, a répété son père, mais les femmes, elles pleurent toujours quand c'est trop tard. Retiens ça, retiens la leçon.

– Elle a fait quelque chose de mal ?

– J'ai tout essayé, Zoé, voilà, c'est la vie.

– Oui, enfin, peut-être on a plusieurs vies. Tu crois en la réincarnation, toi ?

– Non. Tu te vois devenir une poule, ou un ministre, ou je ne sais pas quoi ?

– Funambule, ça j'aimerais bien, c'est mon nouveau rêve.

– Pour ça, tu n'as pas besoin de te réincarner, tu n'as qu'à suivre un cours. Moi, je me contenterai d'un seul passage en ce monde, tu sais, parce que ce monde, hein…

– Quel cirque !

– Exactement, ma fille !

Le téléphone de Zoé les a interrompus.

– Zoé, c'est madame Simon.

– Madame Simon des abeilles ?

– Oui. Pour la réunion, je voulais te dire que vous êtes les bienvenues à la maison. Allô ?

– Je m'excuse, pour l'autre jour…

– On peut se voir mercredi après-midi ?

– Je ne sais pas. Enfin je demande aux filles. Merci, mais moi…

– Oui ?

– Ça va, je demande aux autres.

En raccrochant, elle a soufflé, hagarde, les doigts pianotant sur la table.

– Ça va ?

– Oui, c'est une copine. Elle veut faire partie du club, mais elle est bizarre. C'est un club de moches. Mais elle veut être la « cheffe » à mon avis, parce que c'est la plus âgée, vu qu'elle doit avoir au moins soixante ans.

– Que pourrions-nous faire de drôle ? a crié Mme Simon.

Zoé, Sarah et Alizé mâchaient leur quart de tarte en la dévisageant. Elle avait détaché ses cheveux, jouait avec le ruban bleu, en gestes délicats.

– De drôle ? a répété Sarah.

Alizé a pris son air d'institutrice à chignon pour dire que tout commençait à peine, qu'elles étaient quatre avec Coralie, cinq avec vous madame, et qu'elles avaient un blog vide, un slogan, les aigles n'attaquent pas les mouches, un projet de manifeste jaune caca d'oie, et de manifestation, deux épreuves, dire je t'aime à Walter. Voilà.

– Eh bien, ce n'est pas si mal. Mais qu'est-ce que nous pourrions faire de drôle ?

Elles ont ri, puis Sarah a stupidement levé son doigt.

– Moi j'avais pensé que peut-être on pourrait mettre sur le blog un test psychologique. « Quelle sorte de moche êtes-vous ? » J'aime bien, ces trucs-là.

– Oui !

L'enthousiasme de l'apicultrice a repeint Sarah en rose. Elle a rajusté ses lunettes, reniflé deux fois, demandé si elle pouvait reprendre du lait, pendant que les deux autres, un regard au plafond, tentaient de réfléchir.

Ce que ressentait Zoé, à ce moment précis, c'est que le contraire de drôle guettait le club.

– Vous, m'dame, vous proposez quoi ?

– Eh bien, pourquoi ne pas créer une ligne de vêtements comme des sacs, des T-shirts avec votre horrible tête, ou des tasses avec votre visage et une anse en gros nez, et une chaîne de télévision où les plus laides femmes du monde entier viendraient raconter leurs expériences ? Et pourquoi pas Moche Land, le parc à thème de la laideur, avec des trains fantômes sans trucages : rien que des miroirs. Et vous pourriez aussi demander une carte d'identité caca d'oie, porter une étoile jaune caca d'oie sur la poitrine, et réclamer l'autorisation pour les moches de stationner dans les dépotoirs. Oh, ce qui serait chouette aussi, ce serait une revue de mode avec des mannequins repoussants, et des produits de laideur qui donnent des rides et de l'acné. Des camps de laides… De la nourriture pour laides…

Elle arborait un vaste sourire de clown avant de prononcer les derniers mots. Là, masque sérieux, elle a observé les filles tour à tour. Alizé, bouche ouverte, caramel aux commissures, et les yeux pétrifiés, très grands, Zoé sourcils froncés, tête basse, un poing fermé sur la table. Sarah semblait soupeser encore chaque proposition.

Mme Simon leur tenait tête, avec ses yeux sorciers bien droits qui creusaient la chair de leur cerveau. Alizé a fini par chuchoter :

– C'est quand même affreux, ce que vous proposez.

– Oui. Il y a toujours des choses affreuses et des choses justes. Qu'est-ce que vous aimez ? Il faut voir ce que vous aimez.

Elles ont haussé les épaules, puis Zoé a risqué, très bas elle aussi :

– Moi j'aime bien le cirque.

Les deux copines l'ont dévisagée, un peu de terreur entre les paupières, pendant que la vieille s'enthousiasmait à nouveau :

– C'est vrai que c'est chouette, le cirque. Et vous vous sentez de taille à monter un cirque ?

– Non.

À rien du tout. Elles ne feront rien, finalement. À quoi ça sert de se prendre la tête ?

– Si on ne faisait rien…

Oui, d'accord. Ou plus tard. Se coucher avec des problèmes en plus, c'est pas la peine. Et se lever le week-end pour préparer une fête des moches ?

– Vous savez, a dit Mme Simon d'une voix très profonde, le monde appartient à ceux qui se lèvent. Tôt ou tard. Gardez votre club, amenez-y du monde, prévoyez un événement, et décidez ensuite. Si ça fonctionne, vous continuez. Si c'est un échec, vous abandonnez. De toute façon, maintenant que vous l'avez inventé, ce club, il existe, et il vous suivra.

Là-dessus, elle s'est levée, elle a pris dans le tiroir de la commode une feuille, une enveloppe rose et un stylo, écrit *Walter je t'aime*, signé *Laure*, glissé la feuille dans l'enveloppe.

– Voilà pour l'épreuve. Ce n'est pas parce que je suis votre présidente que je dois y couper. Mais ne comptez pas sur moi pour aller embrasser ce charlatan !

Alizé s'est gratté les cheveux à deux mains avant d'empocher l'enveloppe et de promettre qu'elles allaient bien réfléchir. Sarah a confirmé :

– Oui, on va bien réfléchir, surtout vous, parce que moi j'ai jamais d'idées.

Sur le seuil, Mme Simon a expliqué qu'elle avait longtemps eu très mal des gens qui la rejetaient.

– Alors je me suis rejetée toute seule, finalement. Des années, savez-vous ? Des années. Se rassembler, c'est bien, mais pas pour constituer une armée, ou un ghetto. Pour que ce soit plus facile de se lever, ça oui. Filez ! La pluie commence à tomber.

En chemin, Sarah s'est écriée :

– Moi je trouve ça cool : Moche Land.

Et la pluie a redoublé, comme pour lui donner une idée de décor.

Zoé a rejoint le « Goth It », et elle a vidé devant Martin le sac contenant les vêtements noirs et leurs ornements. Pour la forme, il a expliqué qu'il ne pouvait ni rembourser ni échanger.

– Quoi ? J'entends rien avec ta musique.

– Je dis que je ne peux pas échanger.

– Mais moi je dis que je ne veux pas échanger. Je te les rends, c'est tout.

Il a accepté de les rembourser, elle a remercié, et s'en allait déjà.

– Zoé ? Une amie à toi est passée pour refaire sa garde-robe.

– Qui ?

– Elle s'appelle Sarah. Trop bizarre. Mais bon, ça lui va, le style. Elle voulait s'habiller comme toi, parce que tu es son idole, et que votre club, c'est le contraire de l'armée.

– Elle est pas bien !

– Non, elle est pas bien, il faudrait que tu lui parles. Elle m'a dit qu'elle avait peur que votre club, là, ce soit peut-être fini, et qu'elle ne voulait pas, enfin, je n'ai pas compris grand-chose.

– J'y vais. Ciao.

– Passe quand tu veux. Tu sais, je suis désolé pour ce qui s'est passé au « Sac », si j'avais vu, j'aurais chopé Sven par les… par le cou, et je l'aurais jeté à la rue en six quatre deux.

Il l'a rappelée une dernière fois avant qu'elle franchisse le seuil :

– Zoé ! Le rose, ça te va bien. Et les couleurs pastel. Ça contraste avec ton caractère fort, mais en même temps, ça souligne la gentillesse, tu vois ce que je veux dire ?

Les gens n'arrêtent pas de lui demander si elle comprend ce qu'ils veulent dire. Elle ne devrait peut-être pas craindre de passer pour une idiote, elle devrait répondre : « Non, je ne comprends rien. » Ils expliqueraient, et elle serait un peu plus intelligente, ce serait déjà ça.

Ce lundi-là, dans les couloirs de l'école, elle a dit à Alizé qu'elle hésitait encore, pour le club.

– Mais pourquoi on devrait arrêter tout ?

– Je ne sais pas. Ça me prend la tête.

– Ça ne veut rien dire « ça me prend la tête ».

– Ben si, ça veut dire que c'est à l'intérieur, comme si tu étais dans ton salon avec des gens qui n'arrêtent pas de crier, alors tu veux les jeter dehors.

– T'as de la chance que ta tête soit un salon. Moi c'est plutôt je ne sais pas quoi, un grenier où tout serait renversé. Mais pourquoi tu n'expliquerais pas sur le blog pourquoi tu n'en veux plus, ou bien pourquoi tu ne veux pas expliquer pourquoi ?

– J'en ai marre de tout expliquer.

– Mais peut-être que ça pourrait aider les autres laides.

– Je ne suis pas laide. Enfin, oui, on peut garder le blog pour celles qui veulent.

– Je vais continuer le club, moi, a bredouillé Alizé. Si ça ne t'embête pas. On a peut-être une nouvelle recrue : la grosse en bleu, là, avec ses yeux de grosse dinde aux marrons, tu vois ? Elle s'appelle Martine.

– Celle qui a un peu de moustache ?

– Oui, en plus elle louche. Et elle veut s'inscrire. Je l'aime bien. Elle n'arrête pas de rire de tout tout le temps, cette fille. Et puis, les garçons ont peur d'elle, c'est bon, ça, pour le club. Ils l'appellent « Martine à la ferme », et elle leur en retourne une chaque fois. Elle est très populaire dans l'école.

– Tu me tiendras au courant. Mais moi, je crois qu'elle a raison, la vieille, pour l'histoire du ghetto et de la nourriture pour laides.

– Ouais, bon, je sais, mais ce qu'elle voulait dire, c'est qu'il faut faire un truc magique. Reste au moins jusqu'à la semaine prochaine. Coralie revient à l'école. On l'accueillera ensemble. Elle est guérie.

– Oh, je suis trop contente ! Alors je vais attendre, OK, au moins pour elle, mais je ne crois pas qu'elle voudra rester, si elle est guérie.

Zoé est repartie avec l'idée de quelque chose de magique, et la guérison de Coralie ! Parfois, quelques mots s'impriment comme un gros cachet de la poste : un truc magique !

En replongeant sa main au fond de la poche, Zoé a touché la main coupée de la Barbie, et l'a serrée fort dans son poing. Une toute petite main de plastique. Elle ressent de plus en plus de peine pour elle. On ne torture pas ses jouets d'enfance, c'était sa poupée, pas le reflet d'une petite blonde ridicule et provocante. Trop tard, et tant pis. Quatorze ans, c'est peut-être l'âge des jouets cassés pour tout le monde, le moment de ranger les premiers débris, de faire le point sur sa petite vie, une première fois.

Elle va remplacer la poupée destroy par un coup de génie. Reste à savoir lequel. Les coups de génie n'ont pas marqué son enfance de leur empreinte. Un coup de pied dans une ruche, voilà tout. On ne peut pas demander pardon aux abeilles, ni à une bête poupée. C'est pratique.

Avant de rentrer, Zoé est retournée voir Martin qui pouvait lui perforer le menton, et elle a mis un piercing mouche, comme une petite goutte de métal, une larme pétrifiée, luisante. Elle en a profité pour lui dire :

– Martin, j'aurai peut-être besoin de ton aide. Je ne sais pas encore, ce serait pour de la musique, je te dirai.

– Tout ce que tu veux, ma poule.

Son père ne s'est pas étonné qu'elle change encore de look, il a même trouvé que c'était une bonne idée, et s'est promis de changer bientôt, lui aussi. Il a crié :

– Je vais me laisser pousser les cheveux !

– Oui, c'est lent, comme changement de look. Enfin, ça t'ira bien.

Il était seul devant la télé, avec une pomme et un verre d'eau !

Zoé s'est assise contre lui, le regard dans le verre. Il s'amusait d'un reportage sur le pôle Sud.

– J'arrête de boire.

Il l'a dit calmement. Plusieurs fois, il l'avait annoncé d'une voix musclée, importante, comme on annoncerait la fin d'une guerre. La promesse, alors, tenait deux jours.

– Tu vois ces pingouins ? Comment ils vivent dans la glace, c'est un truc de dingue !

– Tu t'intéresses aux pingouins ?

– Non, je m'en fous, mais comment ils réussissent à vivre à moins trente degrés, avec un vent de malade ! Regarde, ils sont tout serrés les uns contre les autres, et ils tournent pour que ce ne soit pas toujours les mêmes qui aient bien chaud au milieu. C'est gentil, je trouve, et c'est les mâles qui couvent les œufs, ils ont dit. C'est des couples modernes, chez les pingouins. Ils n'ont pas dit s'ils étaient fidèles. Tu crois qu'ils sont fidèles ?

– Je crois.

– Des pères poules fidèles. C'est rare. Chez les gens, c'est rare. Tu voudrais un père pingouin, toi ?

– Non. Pourquoi tu arrêtes de boire ?

– J'ai giflé Gina, elle avait fait la garce, mais si je n'avais pas bu, je serais resté calme, tu me connais. Alors, avec toi qui vis ici, tu comprends, je n'ai pas envie que ça arrive, quoi. Je voudrais pas te faire du mal. Ce serait pas très pingouin, parce que, je sais pas s'ils sont fidèles, mais tu vois un de ces oiseaux frapper son petit ?

Zoé a fait non de la tête. Son père lui a proposé un morceau de pomme. Elle a refait non de la tête, alors il a mangé tout seul en grimaçant, puis il a sorti son paquet de tabac.

– Et toi ? Ton copain ?

– Je l'ai quitté, et il s'est fait renvoyer de l'école à cause d'Alizé, ma copine, elle lui a dit ses quatre vérités, alors il a essayé de la frapper, il a réussi et il s'est fait foutre à la porte parce que c'était pas la première fois. Tu te souviens quand on est allés au cirque ?

– Pourquoi, tu veux y retourner ?

– Je voudrais en faire.

– Oui, tu pourrais élever des pingouins.

– Je rigole pas. Y a des stages, non ? Pour être funambule.

– Ah oui, funambule ! Je suppose. C'est un métier, funambule ?

– Évidemment.

Il s'est assoupi devant les images du Grand Nord, et Zoé a rejoint sa chambre, avec ses idées. Si elle laisse le club aux oubliettes, elle se range dans une armoire et se fait une croix dessus. Et puis, appartenir au monde, elle s'en moque, c'est aussi banal qu'impossible, mais que le monde lui appartienne, ça oui ! Pas à elle toute seule, à toutes, les moches comprises, à Coralie qui revient, à la grosse à moustache, à Sarah la mouchette. Se lever, bousculer tout, être un cirque de rue ensemble, solidaires comme des pingouins.

Mais ça l'empêche de dormir. Une seule idée suffit à torturer son sommeil, alors cinquante !

Elle s'est relevée au bout d'une heure pour regarder le plus loin possible par la grande lucarne de sa chambre. On devinait le clocher de la cathédrale, éclairée par d'énormes projecteurs.

Là où aucune lumière ne traversait l'obscurité, elle pouvait imaginer la mer, une montagne, un hôtel.

Elle s'est surprise à penser qu'on ne devrait pas avoir de visage, parce que là, tel qu'il existe, il porte trop de choses, pas seulement la beauté ou la laideur, il porte tout : les grimaces, l'humeur, les sens. On est son visage, et tout le monde nous voit même si on a envie de se cacher.

Sa tête seule dépassait de la lucarne, et elle riait de bon cœur. On peut être fou quand on est seul. Personne ne nous enferme.

Elle a ri un peu, parce qu'elle a pensé que demain, elle donnerait l'enveloppe de la vieille Simon à Walter, et qu'elle en profiterait bien pour le gifler. Le tuer, elle n'osera jamais, ce n'est pas la peine d'attendre. Bon, une gifle pourrait le tuer quand même partiellement, pendant quelques secondes.

Elle a laissé la petite pluie d'orage s'évanouir avec le vent, puis elle a eu l'idée de se hisser pieds nus sur le toit, pour copier là-haut le regard du funambule. Ses bras tremblaient, elle est nulle en gym, comme beaucoup de laides, c'est bizarre, ou bien c'est juste une impression.

Elle a réussi à s'asseoir sur les tuiles faîtières, alors elle a levé le menton, pour chercher le bon regard. Dans le calme soudain et l'obscurité, elle se figurait une foule retenant sa respiration. Ouvrant les bras, elle s'est mise debout, un pied devant l'autre, et elle a dit au secours, tout bas parce que ça ne voulait pas vraiment dire au secours, il ne fallait pas qu'on l'entende. Ça voulait dire : « T'es malade, ma vieille. » Ou bien : « Je vais peut-être mourir en glissant de ce toit pourri alors que personne ne m'a rien demandé, mais je m'en fous. »

D'ailleurs elle a fait un pas. Elle était libre de le faire. Puis un second. Et la grande lucarne lui semblait loin, à présent, loin, et elle a entendu la phrase de Sven dans sa tête : il faut lâcher le bout du toit, ma grande.

Non, non, il fallait retrouver d'urgence le regard du funambule traversant l'air entre deux tours sur son fil. Et elle a réussi. Pendant deux secondes, ou trois, elle s'est sentie terriblement bien, cigogne en équilibre, et c'est elle qui était loin, pas la lucarne. Elle avait des ailes et ne pesait rien, légère au-dessus de la ville, avec un frisson très doux, aucune peur, aucune haine.

Au bout de ces deux ou trois secondes, plus de muscles, un vide, et la panique. Hagarde et tremblante, elle a dit au secours à voix haute, et ça voulait vraiment dire au secours, cette fois. Il fallait qu'on l'entende, sauf qu'elle était seule à mille kilomètres de cette saleté de fenêtre.

Avant que la chute l'emporte, elle a essayé de se rasseoir, son pied gauche a glissé, ses bras ont attrapé le faîte, et ils ont tenu bon, son corps tout entier se débattait, et le pied droit cherchait l'ouverture. Au terme d'une autre glissade maîtrisée, elle est parvenue à se tordre, à se plier en trois, à retrouver sa chambre, la moquette de sa chambre, où elle s'est couchée, toute froide, raide, parcourue de quelques spasmes nerveux. Elle ne voulait pas de son lit, il fallait sous elle un sol dur.

Les yeux fermés, elle a fini par se détendre, pendant que la scène défilait en boucle dans sa tête, avec une pause sur cet instant-là, l'instant magique précédant la peur. Quand elle était bien. Même qu'elle était belle, comme lui. Personne ne l'a vue, mais elle sait. Ensuite, elle s'est désarticulée, bien sûr, elle a perdu le regard terrible, et elle est revenue dans le monde réel, peu importe.

On appelle ça l'instant de grâce. Et le funambule, il prend cet instant-là, il en fait des minutes, ou des heures. Il en fait sa vie, et il est beau tout le temps.

Ce qui est beau, c'est ce qui marche sur un fil. Mais il faudra trouver un moyen d'être au-dessus de la ville sans risquer de s'écraser le front sur un trottoir glauque.

Elle fera ce qu'elle peut, avec son fil à elle. Et si funambule n'est pas un métier, elle chantera.

– Je ne suis pas laide.

Elle l'a dit pour se rendre compte que ça n'avait pas d'importance, et s'est endormie là.

Elle n'a dormi qu'une poignée d'heures, mais elle a quand même rampé jusqu'à l'école le lendemain, et tout le monde lui a demandé si elle allait bien. Parfois, elle répondait oui avec une tête de croque-mort, parfois elle répondait non en riant.

Son idée, dans les brumes de la fatigue, est venue se loger en elle et ne la quittera plus. Elle pouvait annoncer aux autres pendant la récréation : je sais ce qu'on va faire. Je vous en parle bientôt.

Ce n'est pas grand-chose, non, c'est juste être ensemble un instant.

– Allez, dis-moi, insistait Alizé.

Mais non, plus tard. Quand Coralie sera là.

– Elle revient quand ?

– Demain.

– Alors demain je vous l'annonce.

Sarah est arrivée sous un parapluie noir, dans sa tenue gothique mais pas trop, au bras de la grosse à moustache qui voulait s'inscrire au club.

– T'es de nouveau rose ? a crié la mouchette en ajustant le col du manteau de Zoé.

– Ben oui. Mais toi, ça te va, le noir.

– C'est un compliment ?

– Non.

– Je vous présente Martine.

– Salut Martine !

– Salut ! Alors, c'est oui, pour le club ?

En voyant la recrue de tout près, Zoé s'est trouvée moins laide, elle a remercié la fée du berceau de lui avoir épargné la moustache, et s'est écriée :

– Bien sûr que c'est oui ! Bienvenue !

– Trop fort ! Vous serez pas déçue, je vais vous amener des recrues que vous ne saurez plus où les caser. Il paraît qu'il faut dire je t'aime à un type ?

– Oui. Walter, ça te dit quelque chose ?

– Non.

– Ça ne te dit rien !

– Ben non. Mais y a pas de problèmes, je vais lui déclarer ma flamme.

– Et puis, a soufflé Zoé, on prépare un truc pour la semaine prochaine. Je vous envoie un message demain soir.

C'était rondement mené.

À seize heures dix, elle est restée là, entre les grilles de l'entrée, observant la lente cohue, le mouvement des classes vers les arrêts de bus, l'exode mou et quotidien qu'elle comptait troubler.

– Tu fais quoi ? a lancé Sarah en s'arrêtant à sa hauteur.

– Rien, je réfléchis.

– Ah, c'est cool. On dirait que tu as la grippe quand tu réfléchis. Tu as la grippe ?

– Non.

– OK, salut !

– Salut.

Zoé a patienté jusqu'au samedi pour lancer son idée sur le blog. D'abord, les filles ont envoyé des points d'interrogation, sauf Martine à la ferme, qui avait vu des chanteurs d'opéra occuper une taverne de gare avec l'air d'être des voyageurs parmi les autres, jusqu'au moment où ils s'étaient levés tour à tour pour chanter un alléluia de tous les diables. Et les gens parlaient de ça : du flash mob.

– Mais nous on ne sait pas chanter, on ne sait rien faire, disaient les copines. Et puis ça sert à quoi ? Ça ne sert à rien.

– Si un seul chanteur s'était levé, on l'aurait interné, mais parce qu'ils étaient tous là, les vrais passants ont eu des frissons jusqu'à en oublier leur train. L'important, c'est qu'ils étaient tous là. Ils se seraient levés d'un coup, même sans chanter, la taverne aurait eu l'air bizarre.

– Oui mais on fait quoi, vu qu'on ne sait rien faire ?

– On met un masque et on se laisse tomber par terre comme des mouches.

– On va se salir.

– Mets des vieux vêtements.

– J'ai pas de masque.

– Ça se trouve.

– Moi j'en ai ramené de Venise, écrivait Alizé. Ils sont jolis. J'en ai pas pour tout le monde, j'en ai trois.

– On peut faire des trucs en papier?

– Ben oui.

– Yes! Faudrait de la musique.

– Il y en aura. J'ai choisi vendredi parce qu'il y a une fête de profs dans la salle des fêtes. La sono sera installée. Martin, le type du «Goth It», il est d'accord de venir, vu qu'il est pas de l'école, il risque rien. C'est lui qui donnera le signal avec le son.

Ayant résumé les réponses reçues à la fin du jour, Zoé a envoyé un message optimiste :

– Si je comprends bien, c'est un truc de ouf, ça ne fonctionnera jamais, et vous trouvez ça cool.

– Oui.

Elle a lancé un dernier message à celles qui hésitaient encore :

– Le principe, c'est qu'on croie que ça ne marchera jamais, et qu'on prouve le contraire. Et qu'on explique aux gens que si on essaie d'être quelqu'un d'autre, si on masque nos visages ou qu'on le repeint pour qu'il soit moins moche, qu'on passe notre temps à tricher à cause des crétins parce qu'ils se moquent de nos tronches, alors on finit par ne plus avancer. Voilà. Alors si quelqu'un s'est moqué de vous un jour en vous reprochant de manquer d'humour, ou si un hypocrite vous a parlé de beauté intérieure pour se donner bonne conscience, venez à la sortie de l'école vendredi prochain à seize heures quinze pile. Le signal, ce sera la musique. Parlez-en autour de vous.

Quatre oui, trois peut-être.

Alors elle a vraiment commencé à y croire. Chaque soir, elle écrivait jour J moins quatre, jour J moins trois, et quelques filles répondaient qu'elles seraient là, avec un masque en carton si on peut aussi. Zoé a choisi un masque rose très joli parmi les masques italiens d'Alizé. Rose, pour « contraster avec son caractère fort ».

Le jour J moins un, Coralie a promis de se joindre à l'équipe, et Mme Simon a envoyé son petit message à elle : Bonne chance. Je ne serai pas loin...

Quant à Martin, il a proposé un remix de musique déjantée dans le genre heavy metal du Sac.

Le jour J, un drôle de silence planait dans les couloirs de l'école. Les classes étaient plus calmes que d'habitude, et Zoé ressentait une peur immense, une peur qui devait ressembler au trac d'un artiste inconnu jeté sur scène. Plus inconnue qu'elle, ça n'existe pas.

Elle n'en revenait pas de cette peur. Elle a juste décidé de se détacher un instant de tout ce qui est normal, de se coucher pendant que tout le monde marche, et elle a peur comme si elle devait chanter dans un stade de foot. Elle est montée sur son toit pendant que les gens dormaient en dessous du leur, mais ça, c'était à l'insu de tous.

Bon, il s'agit de tomber comme on s'évanouit. Si personne ne suit son mouvement, elle dira : « Oh, je me suis évanouie. »

À seize heures douze, alors qu'elle entrevoyait à nouveau la bonne idée d'oublier tout ça et de rentrer chez elle, Zoé a croisé le regard de Coralie, qui patientait près de la grille de l'école, une main prête au fond du sac. Elle a vu Martin caché derrière les enceintes, la petite Sarah qui faisait les cent pas sur le trottoir d'en face, et Martine trépignant, les bras sous le manteau. Chacune lançait vers Zoé des grands regards de trouille et d'impatience.

Soudain, une note bourrée de rage et de guitares basses remplit l'air autour d'elles, alors Zoé sort le masque rose de son cartable, et voit s'étendre Coralie, trois autres filles près d'elle, puis d'autres encore.

Couchée à son tour, elle tourne lentement la tête, aperçoit Alizé, la tête couverte d'une taie d'oreiller peinte.

Elles doivent être vingt ou trente à s'être allongées aux abords des grilles, le visage couvert.

Déjà, les cris montent autour d'elles, certains applaudissent, sortent leur portable pour prendre des photos, et des voix fortes commentent. « C'est quoi, ce truc ? Trop fort, mec ! » Personne ne songe à s'éloigner. Et les bus peuvent attendre, comme le train dans la gare changée en opéra. La musique ressemble à un cri de détresse contenu, avec des coups de poing sur les tambours.

Le trac est loin, noyé par le soulagement. Elles ont réussi. Flash moche, tombées comme des mouches, oui, quarante au moins, bon, peut-être vingt-cinq, et alors, c'est bien quand même ! Zoé savoure. En cet instant précis où la foule des autres applaudit la performance, elle s'offre un prix Nobel, ni plus ni moins. Elle est la meilleure du monde. Elle a inventé sans bouts de ficelles un truc magique. Elle a dit à quelques filles : « Venez avec un masque. » Des filles qui se trouvent trop molles ou trop grosses. Elle leur a dit : « Si on se couchait là, devant ces types qui rient aux fenêtres quand on passe en courant ? »

Elle ne savait pas alors que la peur, c'est de la glace, que ça fige ceux qui ne bougent pas, et que ça fond si on le décide. Elle pourrait chanter dans un stade, maintenant. Elle pourrait.

Il y a même des profs qui s'arrêtent, avec leur masque à eux : un sourire mi-figue mi-raisin. Ils se demandent bien quel collègue égoïste a pu organiser ce flash truc sans leur en parler, et ils disent entre leurs dents : « Ah, c'est chouette. »

Dans vingt secondes, Zoé va se relever, avec les autres filles, et elles auront le même sourire de folles. Maintenant qu'elles ont eu le talent d'être ensemble, elles auront moins froid dans leur chambre, c'est sûr.

Déjà, Martin diminue le volume, très lentement. La vie va faire semblant de retrouver un cours normal. Elles diront que le monde leur appartient, et ceux qui ne comprendront pas seront plus petits qu'elles à défaut d'être plus laids. Mais peu importe. Si elle doit cette bête minute de folie à son gros nez, elle devra les folies suivantes à son envie d'être bien quand même, et de marcher où elle veut, parce que, quand on marche sur la terre, ce qui compte, ce n'est pas la tête qu'on a, c'est l'horizon, et la façon de faire sa route, elle l'écrira sur le blog.

Appuyée au mur d'en face, Mme Simon filmait la scène, et le vent soulevait le ruban bleu dans ses cheveux gris.

Derniers titres parus aux éditions Thierry Magnier

Collection « Romans »

Moi, mon frère et le nouveau
de Martha Heesen traduit du néerlandais par Emmanuèle Sandron
Les parents de Jan et Toon sont famille d'accueil. Les deux enfants biologiques vivent ces intrusions chacun à leur manière. Chaque arrivée dans la famille est l'occasion d'anecdotes tendres ou cruelles, drôles ou dramatiques.

Mayo ketchup ou lait de soja
de Gaia Guasti
« Beurk, elle pue ! » Voilà le sort d'Élianor réglé en un instant dans la cour de récréation. Mais elle s'en fiche, Élianor, elle cultive sa différence. La preuve, elle a volontairement banni sucre, viande et lait de vache de son alimentation. Pour gagner son amitié Noah est prêt à rallier sa cause.

Le cantique des elfes
de Myriam Chirousse
Dans *Ultramonde*, Lady Kerridwen rencontre Lupus Negrus, un personnage très séduisant. Jessica, dans la réalité, ne vit plus que pour les mails enflammés de Lupus Negrus et leurs rendez-vous au château d'Osgarth. Jeu en réseau, amour virtuel ou réel, lequel est le plus exaltant ?

Quand un amant passe
de Mats Wahl traduit du suédois par Agneta et Marianne Ségol
Tom ne se sent plus compris par personne. Le voisin, Karl Berger, un vieil Allemand au passé obscur, lui demande de l'aider à entretenir son jardin. Il semble bien connaître sa famille et pourtant, sa mère ne veut pas en entendre parler. Tom est animé de sentiments violents et contradictoires qui vont bouleverser sa vie, celle de sa famille.

Camille aime pas danser
de Marie-Sophie Vermot
Anastasia dévore la vie à pleines dents. Camille est plus jeune, plus réservée. Elles sont sœurs et vivent avec leur mère dans une maison perdue au bout d'une presqu'île. Après une aventure d'un soir, Anastasia n'arrive pas à s'avouer qu'elle est enceinte.

Vert jade rouge sang
de Pascale Maret
Ko Myo va retrouver son frère Naing Lin, parti chercher fortune dans les mines de jade, loin de Rangoon. Après un long trajet, Ko Myo le retrouve en piteux état. Le travail dans la mine est épouvantable, les conditions de vie terrifiantes.

Comme chiens et chats
Collectif
Neuf nouvelles sur le thème des relations fraternelles avec des sensibilités, des registres différents, des histoires qui puisent souvent dans la biographie revisitée des auteurs.

Marre de l'amour
de Maud Lethielleux
Des parents qui s'aiment, se tiennent la main, roucoulent les yeux dans les yeux, tous les enfants en rêvent ! Pas si sûr, Pierrot lui, n'y voit que des inconvénients. Avec ses copains, il va tenter de faire « désaimer » ses parents.

Ces années blanches
de Julie-Jacob Cœur
Marie, sa vie, elle l'aimait bien. Mais à la maison rien ne va. Rose, la faute à Rose, sa sœur aînée, qui n'en finit pas de s'égarer, de plonger dans les embrouilles. Après des années de compassion, Marie en a assez, elle veut vivre sa vie d'ado.

L'Interrogatoire de Gabriel James
de Charlie Price traduit de l'anglais (États-Unis) par Valérie Dayre
Témoin de deux meurtres, Gabriel James doit s'expliquer devant la police. Oui, il était amoureux d'une fille et n'acceptait pas d'être éconduit, mais pourquoi cela a-t-il déclenché une série de drames, ébranlant toute la petite ville ? Les policiers veulent tout savoir, tout comprendre.

Tifi en Haïti
de Valérie Lacroix
Après le tremblement de terre qui a ravagé son île, Starling a trouvé un semblant de paix avec Monsieur Neptune. Aussi elle n'a pas envie de recevoir les lettres de Lucie qui lui écrit de France.

Ultraviolet
de Nancy Huston
Dans son journal, Lucy écrit tout ce qu'elle ne peut pas dire à haute voix. À treize ans, les idées se bousculent dans sa tête et les sensations dans son corps. L'arrivée du docteur Beauchemin à la maison lui offre un interlocuteur troublant.

Comment je suis devenue flic
de Anne et Marine Rambach
Alice a deux choses à dire à sa mère pour fêter l'anniversaire de ses quinze ans. Un : le Muffin Palace fait les meilleurs muffins du monde. Deux : elle veut devenir flic.

CET OUVRAGE A ÉTÉ ACHEVÉ D'IMPRIMER
AVEC UN MASQUE POUR LE COMPTE
DES ÉDITIONS THIERRY MAGNIER
PAR L'IMPRIMERIE FLOCH À MAYENNE
EN SEPTEMBRE 2011
DÉPÔT LÉGAL : OCTOBRE 2011
NUMÉRO D'IMPRESSION : 80530

Imprimé en France